KB234048

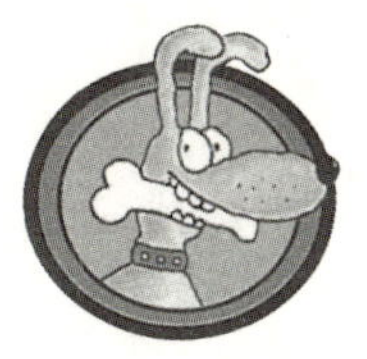

명탐정 셸비

던컨 볼 글 | 앨런 스토만 그림 | 이수진 옮김

문학동네 어린이

Selby Supersnoop

Copyright ⓒ Duncan Ball, 1995
First published in English by HarperCollins Publishers, Australia, in 1995
All right reserved.
Korean Translation Copyright ⓒ Munhakdongne Publishing Co., 2003
This Korean Edition published by arrangement with HarperCollins Publishers Pty Ltd., Australia
through The ChoiceMaker Pty Ltd.—Inter Australia Co.

이 책의 한국어판 저작권은 인터 오스트레일리아를 통해
HarperCollins Publishers Pty Ltd., Australia와의 독점 계약으로 (주)문학동네에 있습니다.
신 저작권법에 의해 한국 내에서 보호를 받는 저작물이므로
무단 전재와 무단 복제를 금합니다.

국립중앙도서관 출판시도서목록(CIP)

명탐정 셀비 / 던컨 볼 글 ; 앨런 스토만 그림 ; 이수진 옮김.
— 파주 : 문학동네, 2003   p. : 삽도 ;   cm.

원서명: Selby Supersnoop
원저자명: Ball, Duncan
원저자명: Stomann, Allan

ISBN 89-8281-730-1 04840 : ₩7000
ISBN 89-8281-727-1(세트)

863-KDC4   CIP2003001539

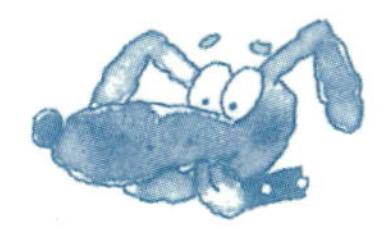

이 책에 나오는 모험들은 모두 실제로 있었던 이야기람니다. 전혀 과정, 아니 고장, 아니 과장된 이야기들이 아니지요. 멋멋 이야기들은 내가 탐정이 되는 이야기들이에요. 그래서 책 제목을 『명탐정 셀비』라고 지은 거예요. 명탐정이라고 하니까 꼭 자랑하는 것 갔조? 하지만 내가 사실 보통 개는 아니자나요. 세상에 단 하나뿐인 '말하는 개'는 충분히 명탐정이 될 수 있어요. 것보기에는 다른 개들과 똑같은 평범한 개이지만, 사람 말을 똑똑히 다 알아들을 수 있고 또 사람처럼 말도 할 수 있으니까요. 자, '말하는 개' 셀비가 어떻게 탐정이 될 수 있는지 이 책을 잘 일거 보세요.

*셀비가 쓴 글은 맞춤법이 엉망이에요. 여러분이 틀린 곳을 찾아 주세요! 바르게 고쳐 문학동네어린이로 보내 주면 추첨을 통해 매달 세 명의 친구들에게 셀비의 또다른 책 한 권을 보내 드릴게요.

1. 사립 탐정이 되는 길

셀비는 집에서 혼자 따분한 시간을 보내고 있었다. 볼 만한 텔레비전 프로그램도 없었고, 읽을 만한 책도 없었다. 아니, 있었을지도 모르겠지만…….

셀비는 서재의 책꽂이 제일 위칸에 안 읽은 책이 있나 보려고 올라갔다. 막 내려오려고 하는 순간, 셀비는 먼지가 잔뜩 묻어 있는 오래된 책 한 권을 발견했다. 메리 터치스톤이라는 사람이 쓴 『사립 탐정이 되는 길』이었다. 셀비는 발로 책을 톡 쳐서 바닥으로 꽝 소리가 나게 떨어뜨렸다.

"이거 재미있겠다. 나는 늘 탐정이 되고 싶었어."

셸비는 곧 소파에 웅크리고 앉아 책의 표지를 읽어 나갔다. 그러자 점점 흥분이 되어 턱이 덜덜 떨리기 시작했다.

스릴 넘치는 사립 탐정의 세계

미스터리, 로맨스 그리고 모험!

친구들을 놀라게 해 주세요!

범인을 체포하세요!

사건을 해결하고 큰 돈을 버세요!

멋진 시간을 보내세요!

더 이상 시간을 낭비하지 말고 이 책을 읽으세요.

당신의 인생이 바뀝니다.

"미스터리와 로맨스에다 모험까지! 너무 멋져! 등골이 다 서늘해지네! 이제부터 내 인생을 완전히 바꾸는 거야!"

셸비는 떨리는 발로 책을 펴서 읽기 시작했다.

누구든지 사립 탐정이 될 수 있다. 그러니 자리에 앉아 천천히 하나하나 읽어 보라. 그러면 곧 주변에서 일어나는 모든 사건을 단번에 해결할 수 있을 것이다.

"준비됐어요, 작가 선생님. 모든 사건을 해결할 준비가 되어 있다구요. 더는 못 기다리겠어요!"

오후 내내 셀비는 '변장의 명수가 되는 법', '범죄자를 알아 내는 법', '용의자의 뒤를 밟는 법', '단서를 찾아 내는 법', '사람들을 제압하는 법', '도청하는 법'을 모조리 읽었다. 이 책에는 셀비가 예전부터 알고 싶어했던 것들, 그러니까 범죄자를 잡고 사건을 해결하는 데 필요한 모든 것이 있었다.

드디어 셀비는 책의 마지막 부분을 읽었다.

사립 탐정의 세계는 미스터리의 세계라는 것을 항상 기억하라. 보이는 것이 전부가 아니다. 어디서든 단서를 찾아 내고 모든 사람을 의심하라. 그렇게 하면 틀림없을 것이다. 최선을 다하라!

"너무 멋진 책이야! 근데 나의 첫 번째 사건을 어디서 찾지? 보거스 마을은 너무 따분해. 사건이고 뭐고 아무 일도 일어나지 않잖아."

하지만 셀비가 이렇게 말한 지 얼마 되지 않아 사건은 터지고 말았다. 바로 다음 날이었다. 셀비가 책에서 익힌 탐정 지식을 어떻게 쓸까 고민하고 있을 때, 문을 두드리는 소리가 들렸다.

"트라이플 박사님 계세요? 저는 이브 애머리라고 하는데요."

여자 목소리였다.

"아! 장난감 병정 수집하시는 분이군요. 몇 년 전에 신문에서 봤어요. 들어오세요."

박사는 손가락을 튀기며 말했다.

"장난감이 아니라 병정 인형인데요."

"그런데 무슨 일이세요?"

"누군가 범행을 저지르고 있어요. 도와주세요."

소파 뒤에 있던 셀비가 불쑥 머리를 내밀었다.

'사건이다! 보거스 마을에 사건이 터졌다구!'

“무슨 일인데요?”

박사가 물었다.

“누군가 제 병정 인형들을 훔쳐 가고 있어요. 음…… 설명해 드릴게요. 남동생과 저는 마을 끝에 살고 있어요. 병정 인형들은 원래 할아버지 것이었는데, 부모님이 돌아가시자 저희가 물려받았죠.”

“병정 인형이라면……, 전쟁 놀이를 할 때 쓰는 건가요?”

“네. 인형들은 커다란 유리 상자 안에 들어 있어요. 상자 안에는 언덕과 나무들, 그리고 참호까지 들어 있죠. 얼마 전 동생과 저는 그 인형들을 팔기로 했어요. 그런데 갑자기 한두 개씩 없어지는 거예요.”

“없어진다구요?”

트라이플 박사가 말했다.

‘없어진다…….’

셀비는 생각했다.

“누군가 훔쳐 가고 있어요. 화요일마다 몇 개씩

없어져요. 이젠 몇 개 남지도 않았다구요."

"경찰에 신고했어요?"

"그럼요. 하지만 경찰은 집에 도둑이 든 거라고 생각하지 않아요. 문은 자물쇠로 잠겨 있고, 모든 창문에는 창살이 있으니까요."

"그렇다면 어떻게 된 거죠?"

"말하기 부끄럽지만, 경찰은 제 사랑스런 동생이 그랬다고 생각하고 있어요, 박사님."

"자기 것을 왜 훔치겠어요?"

"아니죠. 그 애 것이 아니라 우리 둘의 것이죠. 경찰 말로는 동생이 병정 인형들을 팔아 돈을 벌려고 하는 것 같대요. 화요일마다 동생은 버스를 타고 시내에 있는 친구들을 만나러 가는데, 바로 그 때 병정들을 훔쳐 가는지도 모르죠."

"왜 경찰은 동생을 체포하지 않는 거죠?"

"증거가 없으니까요."

"무슨 말씀인지 알겠어요. 제가 발명가니까, 동생이 정말 그랬는지 알아볼 수 있는 발명품이 혹시 있나 해서 왔군요?"

"네. 있을까요?"

이브는 웃으면서 말했다.

"글쎄요. 일단 병정 인형 좀 보여 주세요."

이브는 인형 세 개를 보여 주었고, 박사는 그것들을 자세히 살펴보더니 말했다.

"좋은 수가 있어요! 인형들 전부 가운데 구멍이 뚫렸네요. 여기에 아무도 알아볼 수 없는 조그만 특수 자석을 넣는 거예요. 그리고 수풀 속에다 '슈퍼 민감 자석 탐지기'를 숨겨 놓는 거죠. 만약 누군가 병정 인형을 가지고 지나가기라도 하면……."

그러더니 트라이플 박사는, 기계에서 나는 것 같은 굉음 소리를 냈다. 이브와 셸비는 그 소리가 멈출 때까지 귀를 막고 있었다.

"멋져요! 그런데 박사님, 그 '슈퍼 민감 자석 탐지기'를 한번 볼 수 있을까요?"

"그럼요. 하지만 우선 만들고 난 다음에요. 지금 막 생각해 낸 거예요. 하지만 걱정 마세요. 다음 주화요일까지는 만들 수 있으니까요.”

그 날 밤 셀비는 박사가 새로운 발명에 몰두하는 소리 때문에 한숨도 잘 수가 없었다.

‘너무 멋져! 이제 범인이 함정에 걸리기만 하면 되는 거지?’

셀비는 생각했다.

화요일 밤, 트라이플 박사와 숏다리 경사는 이브의 집 근처 수풀 속에 숨어 있었다. 이브는 외출하려는 동생 니키를 배웅하는 중이었다. 셀비 역시 일찌감치 와서 바로 근처에 숨어 이들을 지켜보고 있었지만, 아무도 눈치채지 못했다.

‘정말 기분 좋은데! 진짜 탐정이 된 것 같잖아!’

바로 그 때, 박사의 ‘슈퍼 민감 자석 탐지기’에서 불빛이 번쩍거리며 ‘뺑뺑— 땡땡땡—’ 소리가 마구 울렸다.

“이게 무슨 소리야?”

니키가 소리쳤다.

“당신은 포위되었소.”

숏다리 경사가 수풀 속에서 나오면서 말했다.

“무슨 이유로요?”

“병정 인형을 훔친 죄요.”

“웃기는 소리 말아요. 난 그런 바보 같은 인형들엔 관심도 없어요. 말도 안 되는 소리 집어치워요!”

그 때 트라이플 박사의 또다른 발명품인 ‘슈퍼 민감 축소 자석 탐지기’가 니키의 왼쪽 주머니를 가리켰다. 그러자 갑자기, 세계 탁구 선수권 대회라도 열린 듯 ‘톡톡톡톡’ 소리가 요란하게 났다.

“주머니에 뭐가 들어 있죠?”

숏다리 경사가 물었다.

“아무것도 없단 말이야!”

하지만 니키의 주머니를 뒤지자 다섯 개의 병정 인형이 나왔다.

“이것들이 왜 여기 들어 있는 거지? 누군가 꾸민 짓이야! 누군가 여기에 집어넣은 거라구!”

“우리와 함께 가셔야겠습니다.”

숏다리 경사가 말했다.

셀비는 박사와 경사가 니키를 끌고 가는 것을 지켜보았다.

"불쌍한 이브……. 동생이 범인일 거라고 예상은 했겠지만, 막상 동생이 정말 병정 인형을 훔쳤다는 걸 알게 되면 마음에 상처를 입을 거야."

셀비는 코를 훌쩍거리며 말했다.

나무에서 막 내려오려던 셀비는 갑자기 『사립 탐정이 되는 길』에서 읽은 게 떠올랐다.

'보이는 것이 진실이 아닐 수도 있어! 모든 사람을 의심해서 나쁠 것은 없지! 생각 좀 해 보자구……. 만약 니키가 범인이 아니라면? 예를 들어, 이브가 자기 동생 주머니에 인형을 넣었다면?'

셀비는 창문으로 집 안을 들여다보았다. 이브가 껑충껑충 뛰며 춤을 추고 있는 것이 보였다. 음악 소리와 함께 "야호!" 소리도 조그맣게 들려 왔다.

"쳇! 이브가 마음에 상처를 입어? 그렇다면 난 개가 아니라도 좋아. 뭔가 잘못되어 가고 있는 게 분명해!"

음악이 멈추고, 이브가 전화기로 달려가는 모습이 보였다.

"무슨 이야기를 할지 진짜 궁금하군."

셀비는 책에서 읽었던 '도청하는 법'을 떠올렸다.

"전화 통화하는 소리를 들을 수 있으면 좋겠는데. 지붕으로 올라갈 수만 있다면, 지붕을 조금 뜯어 내고 안으로 들어갈 수 있을 거야."

셀비는 책에 나왔던 '알아 두어야 할 도둑질의 수법'을 떠올렸다.

셀비는 고양이처럼 살금살금 지붕 위로 올라갔다. 그리고 지붕을 살짝 뜯어 내고 집 안으로 들어갔다. 셀비는 천장에서 이브가 전화 통화하는 소리를 들을 수 있었다.

"이제 멍청한 동생이 없어졌으니, 아무 문제 없어요. 동생이 감옥으로 가자마자 비행기를 타고 다른 나라로 갈 생각이에요. 모두 팔 거예요! 다 내 것이니까요! 동생은 절대로 저를 따라오지 못할걸요!"

‘그 작가 말이 맞았어.’

셀비는 아래를 내려다보기 위해 천장에 난 구멍 쪽으로 기어가며 생각했다.

‘그렇지만 모든 게 이브가 꾸민 짓이라는 걸 어떻게 경찰들한테 알리지?’

그 때였다. 셀비는 앞으로 기어가다가 발에 뭔가 찔려 자기도 모르게 비명을 지르고 말았다.

“아야! 앗, 따가워!”

집 안에는 깊은 침묵이 흘렀다. 어둠 속에서 살며시 눈을 뜬 셀비는 자신이 작은 병정 인형을 밟았다는 것을 알았다. 그 곳에는 더 많은 병정 인형들이 있었다.

‘오라, 그러니까 전부 여기에 숨겨 둔 거로군!’

셀비의 비명을 들은 이브는 의자 위에 올라서서 천장으로 난 비밀의 문을 열었다. 그와 동시에 셀비는 곧장 이브의 머리 위로 떨어졌다. 이브는 기절하고 말았다.

“이제 경찰서로 전화하는 일만 남았네?”

병정 인형을 열댓 개쯤 쓰러뜨리며 셀비는 겨우 일어섰다. 셀비는 솟다리 경사에게 전화를 걸었다.

"도난 사건에 대한 중요한 사실을 알려 드리려고 합니다. 니키는 죄가 없습니다."

셀비는 탐정을 흉내내며 굵은 목소리로 말했다.

"그게 사실입니까?"

"네, 사실입니다. 그의 누나인 이브가 니키에게 죄를 덮어씌운 겁니다. 이브는 병정 인형들을 천장 안에 숨겼구요. 그것들을 팔아 돈을 독차지하려 한 거지요."

"당신은 누구죠?"

경사가 물었다.

"그건 묻지 마시고, 니키의 집으로 당장 가 보세요. 바닥에 잠들어 있는 이브를 찾을 수 있을 겁니다."

"당장 그리로 가죠. 그런데 당신은 어떻게 그 사실을 알았죠?"

"이브가 전화 통화하는 걸 엿들었어요. 그래서 알게 되었죠."

"엿들었다구요? 도청이라도 했다는 말인가요?"

"하하하, 도청에서 지시한 일은 아닙니다. 저는 그냥 사립 탐정일 뿐이죠!"

셀비는 웃으며 말했다.

2. 증거를 없애라!

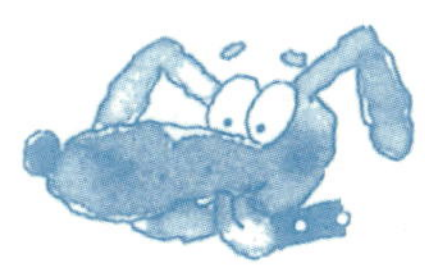

"빨리 말해 봐, 이 멍청한 강아지야! 네가 말하는 개라는 거 다 알아! 그러니까 빨리 말하는 게 좋을걸!"

윌리가 소리쳤다.

셀비는 한쪽 발에 밧줄이 묶인 채 거꾸로 매달려 있었다. 윌리는 이번에 새로 산 비디오 카메라를 셀비의 얼굴에 갖다 댔다.

"빨리 말 안 하면 죽을 줄 알아! 비디오로 찍어 모든 사람들에게 보여 줄 거야! 내가 거짓말쟁이가 아

니라는 걸 증명하겠어!"

셸비는 다른 개들이 숨을 쉴 때처럼 헉헉거리며 눈을 뒤룩거렸다. 그러면서 생각했다.

'내가 바보 멍청이인 줄 아는군. 무슨 짓을 해도 절대로 다시는 말을 하지 않을 거야. 아줌마와 박사 님이 오셔서 내 꼴을 보실 때까지 이대로 멍청하게 매달려 있어야지. 그러면 윌리는 엄청 혼나겠지? 근 데, 어쩌다 내가 이 모양 이 꼴이 된 거야?'

셀비는 너무나 쉽게 이 지경이 되었다. 제티는 쇼핑을 갈 때마다 끔찍한 아들 윌리를 트라이플 박사 부부의 집에 맡기곤 했다. 윌리를 피하려면 셀비는 망을 보고 있다가 언제든 숨을 준비를 해야 했다. 제티의 차가 집 앞에 멈추었을 때, 셀비는 가장 숨기 좋은 곳인 뒷마당의 수풀 속에 숨으려고 했다. 그 곳에 있으면 윌리는 절대로 셀비를 찾지 못한다. 그것이 셀비의 계획이었다. 하지만 하필 그 때, 트라이플 박사가 새로 만든 발명품을 가지고 작업실에서 나왔다.

"이 걸작품의 이름은 '창문 호호 불어 싹싹이'야."

박사는 분무기 하나를 창가에 자랑스럽게 올려놓았다.

"창문 닦는 세제는 이미 발명됐잖아요."

부인이 말했다.

"맞아. 하지만 닦고 문지르려면 귀찮아. 닦아도 자꾸 자국이 생기고, 구석구석 잘 닦이지도 않잖아. 하지만 '창문 호호 불어 싹싹이'는 달라. 자, 봐."

박사가 창문에 분무질을 하면서 말했다.

"창문이 온통 뿌예졌잖아요. 아무것도 안 보여요."

"뒤로 물러서서 기다려 봐."

잠시 후 정말 순식간에 창문이 깨끗해졌다. 그렇게 깨끗한 창문은 셀비도 난생 처음 보았다.

"멋져요! 그런데 먼지들은 어디로 사라졌죠?"

"모두 창틀로 떨어진 거야. 이제 창틀의 먼지를 호호 불어 버리기만 하면 되는 거라구. 그래서 이름이 '창문 호호 불어 싹싹이'야."

박사가 설명하는 동안 부인은 떨어지는 먼지를 걸레로 닦아 내고 있었다.

"먼지를 호호 불어 버리는 것에 대해선 잘 모르겠지만…… 창문이 깨끗이 닦인다는 점에서는 분명히 성공이에요! 바깥쪽 창문도 닦는 게 어때요?"

셀비는 집 안에서 창문 밖의 박사가 점점 사라지는 것을 쳐다보고 있었다. 박사가 분무질을 하자 창문이 뿌옇게 되었기 때문이었다.

‘박사님은 천재야! 아, 나두 뭔가 발명하고 싶다.’

셀비는 생각했다.

그런데 창문이 깨끗해지는 순간, 박사 곁에 제티가 서 있었던 것이다.

‘이런! 윌리가 왔어! 저 말썽꾸러기 꼬마에게 잡히기 전에 빨리 도망가야 해!’

셀비는 차고로 뛰어 들어갔다. 그리고 벽에 뚫린 구멍을 통해 뒷마당으로 갔다.

바로 그 때, ‘핑팽퐁’ 하는 소리와 함께 셀비는 윌리의 함정에 걸리고 말았다. 셀비는 순식간에 로켓처럼 공중에 매달린 것이다.

“이번엔 잡았지롱!”

윌리가 낄낄거렸다. 그리고 셀비 코앞으로 비디오 카메라를 들이밀었다.

“자, 이제 말해 봐. 이 바보 멍청이 말미잘 게맛살 해삼 멍게야! 지금 당장!”

셀비는 생각했다.

‘안 되지, 당연히. 안 되고말고. 죽어도 말 안 해.

내가 말을 할 것 같아? 이 꼬마가 아주 날 바보 취급
하잖아. 영원히 여기 매달려 있는 한이 있어도, 절
대로 말하지 않을 거야. 단 한 마디도.'

박사와 제티의 말 소리가 들려 왔다.

"윌리에게 잘해 주세요. 금붕어가 죽어서 요즘 슬
퍼하고 있거든요. 가여운 윌리……."

"금붕어가 죽었다구?"

박사가 말했다.

"윌리가 금붕어를 세탁기에 넣었어요. 파도 타기
하는 걸 보고 싶었대요. 그런데 그 금붕어 녀석은
수영을 제대로 못 하는지, 빠져 죽고 말았어요."

"윌리 걱정은 하지 마."

박사의 말이 끝나기가 무섭게 제티는 차를 타고
가 버렸다.

"윌리는 도대체 어디 있는 거야?"

박사가 차고 모퉁이를 돌아 다가오기 바로 직전,
윌리는 셀비를 풀어 주었다. 셀비는 바닥으로 꽈당
떨어졌다.

“윌리 여기 있었구나. 셀비와 놀고 있었니?”

“셀비는 나를 싫어해요. 보세요! 계속 저렇게 바보처럼 누워만 있잖아요!”

윌리가 우는 소리를 했다.

“쉬는 모양이지. 들어와서 컴퓨터 게임 안 할래?”

박사는 ‘창문 호호 불어 싹싹이’로 윌리의 비디오 카메라 렌즈를 닦아 주며 말했다.

‘아이고, 구석구석 안 아픈 데가 없네.’

셀비는 절뚝거리며 마당 구석으로 걸어가, 수풀 속에 웅크리고 누웠다. 그리고 생각했다.

‘언젠가, 어떻게든, 그 녀석을 잡아서……’

하지만 윌리를 잡아 뭘 어떻게 할지 미처 생각하기도 전에 셀비는 곯아떨어지고 말았다. 달게 자던 셀비는 무언가 자기를 툭 치는 것을 느꼈다. 긴 나무 막대기였다.

“일어나, 이 멍청아.”

윌리가 공중에서 나무 막대기를 흔들며 말했다.

셀비는 벌떡 일어나 차고 구멍을 향해 달렸다. 어

떻게 하면 빨리 구멍으로 뛰어들어 월리를 피할 수
있을까만 생각하고 달렸다. 그런데 그 순간, 문득
월리가 함정을 만들었을 거라는 예감이 들었다.

'아차! 차고 안에 분명히 함정을 만들었을 거야.
그 꼬마가 나를 또 속였어!'

셀비는 구멍을 향해 몸을 날리며 생각했다.

아니나 다를까 구멍을 막 통과하는 순간, 셀비는
월리가 만들어 놓은 올가미를 보았다. 셀비는 날쌘
넓이뛰기 선수처럼 발을 모아 올가미를 피해서 바
닥에 내려섰다.

바로 그 때였다. 셀비를 따라 구멍으로 기어 들어
오던 월리가 그만 올가미 위로 나동그라지고 만 것
이다.

"으악!"

밧줄에 걸린 월리는 곧 천장에 매달리고 말았다.

자기를 괴롭히던 악마가 밧줄에 매달린 모습을 보
니 셀비는 참을 수가 없었다. 전혀 개답지 않은 웃
음으로 한참 동안 웃어 대는 셀비를 보고 월리가 투

덜거렸다.

"뭐가 그렇게 웃겨?"

"너도, 지금 너의 바보 같은 모습을 본다면 안 웃고는 못 배길걸?"

"말했어! 말했다구!"

"말했다. 어쩔래?"

"사람들한테 다 말할 거야!"

"말하고 싶으면 어디 말해 보시지! 아무도 네 말을 믿지 않을걸?"

바로 그 때, 트라이플 박사 부부가 차고 문을 열고 윌리가 줄에 매달려 있는 모습을 봤다.

"네가 만든 함정에 네가 빠졌구나!"

부인이 줄을 풀어 주며 말했다.

"저 개가 말을 했어요!"

윌리가 소리쳤다.

"자, 이제 가자. 윌리야, 이제 너도 개가 말을 못 한다는 걸 이해할 나이는 되었잖니."

"저 개는 말할 줄 알아요! 나한테 말을 했다구요."

윌리가 선반에서 비디오 카메라를 가져왔다.

"내 카메라에 찍혔어요! 비디오 카메라로 계속 찍고 있었다구요. 한번 틀어 봐요! 그럼 내 말을 믿으실 거예요."

'으악! 저 꼬마가 나를 또 속였어. 나를 골탕먹이려고 한 게 아니라 비디오 카메라로 찍으려는 거였잖아. 바보 같은 꼬마 녀석에게 완전히 당했다구!'

셀비는 생각했다.

"말도 안 돼!"

부인이 윌리에게 말했다.

"보면 되잖아요. 비디오를 틀어 보면 되잖아요!"

윌리가 소리쳤다.

"그래서 네 기분이 나아진다면, 그렇게 하마."

박사가 비디오 카메라를 가져가며 말했다.

셀비는 트라이플 박사 부부를 따라서 거실로 향했다. 박사는 테이프를 되감고 나서 재생 버튼을 눌렀다.

'아, 안 돼! 이제 다 망했어! 이제 윌리 말을 믿을

거야. 저 꼬마 녀석한테 놀림감이 되는 건 정말 못 참아. 차라리 내가 말을 하자. 그게 낫겠어!'

셀비는 트라이플 박사 부부 앞에 가서 앉았다. 그리고 "죄송하지만, 윌리 말이 맞아요. 저는 말을 할 수 있어요."라고 말하려는 순간, 비디오가 시작되었다.

맨 처음 들린 소리는 바로 셀비의 목소리였다.

"너도, 지금 너의 바보 같은 모습을 본다면 안 웃고는 못 배길걸?"

"바로 이거예요. 저 개 목소리라구요! 저게 셀비예요. 말하는 거 보이시죠?"

윌리가 텔레비전을 가리키며 소리쳤다.

"아무것도 안 보이는데? 이상한 목소리가 들리기는 하지만, 아무것도 보이질 않잖아. 이거 텔레비전에서 녹화한 거 아니니?"

부인이 말했다.

"아니, 아니에요! 저 멍청이 개란 말이에요!"

셀비는 텔레비전을 쳐다봤다. 화면은 온통 뿌옜

다. 박사는 빨리감기를 했다가 다시 되감기를 했다.
하지만 역시 아무것도 보이지 않았다.

"이상하네……."

그 순간, 갑자기 트라이플 부인은 남편이 발명한
세제로 닦아 놓은 창문을 보며 소리쳤다.

"저거 보세요! 이상한 건 저거예요. '창문 호호 불
어 싹싹이'가 창문을 온통 하얗게 만들어 버렸어요.
밖이 하나도 안 보이잖아요."

셀비는 창문을 보고 있다가 다시 비디오 카메라의
렌즈를 쳐다보았다. 역시 하얗게 되어 있었다.

"오, 이런! 내가 만든 세제는 결국 별볼일 없었어.
게다가 윌리의 비디오 카메라 렌즈까지 망가뜨린
것 같군."

박사가 말했다.

부인은 그 사이 비디오 테이프를 처음 부분으로,
그러니까 박사가 렌즈를 닦기 전 부분으로 되감았
다. 거기에는 셀비가 다리를 밧줄에 묶인 채 거꾸로
대롱대롱 매달려 있는 모습이 찍혀 있었다.

부인이 소리쳤다.

"윌리, 이 못된 녀석! 셀비가 왜 너랑 놀기 싫어하나 했더니……. 네가 셀비한테 한 짓을 봐! 셀비를 못살게 군 만큼 엉덩이 좀 맞아 볼래?"

"안 돼요! 때리지 마세요."

엉덩이에 이모의 손이 날아오자 윌리가 소리쳤다.

"내 금붕어가 죽었단 말이에요. 그러니까 나한테 잘해 줘야 돼요! 엄마가 그렇게 하라고 했잖아요! 아야, 아야!"

셀비는 다시 뒷마당 쪽으로 향하며 중얼거렸다.

"에이, 모르겠다. 때론 저절로 잘 풀리는 일도 있다니까. '창문 호호 불어 싹싹이'가 내게는 정말 기적을 가져다 줬어. 물론 윌리에게는 날벼락이 되었지만……."

3. 화장실에 유령이 있다

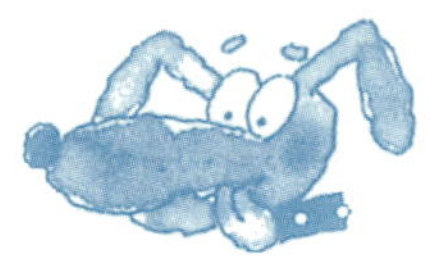

셀비는 굉장히 운이 좋다. 적어도 셀비 자신은 스스로 대단히 운이 좋다고 생각했다. 모든 일이 너무나 잘 되어 가고 있는 바로 그 때, 갑자기 불운의 기미가 비치지만 않았어도…… 셀비는 완벽하게 운이 좋다고 할 수 있었을 텐데.

이 모든 일은 트라이플 박사 부부가 마스카라 부인의 저택에 저녁 식사를 하러 간 날 일어났다. 저택은 굉장히 크고 낡았다. 겁쟁이이며, 지금은 화장품 장사로 백만장자가 된 마스카라 부인이 최근에 산 집이었다.

"마스카라 부인은 자기 저택을 무척 자랑스러워해요. 보거스 마을의 중요한 사람들을 모두 저녁 식사에 초대했어요. 우리까지 말이에요."

부인이 말했다.

"'우리까지'라니? 무슨 뜻이야? 우리도 중요한 사람들이지. 게다가 당신은 이 마을의 시장이잖소."

"하지만…… 우린 별로 중요하지 않은 것 같아요. 우린 그저 늙은이들이잖아요. 게다가 방이 마흔두 개나 있는 대저택에 살고 있지도 않은데……."

"하지만, 우린 유령이 없는 집에서 살고 있잖아."

박사가 윙크를 하며 말했다.

"맞아요, 깜박 잊고 있었어요. 마스카라 부인이 그랬죠? 자기 집에 유령이 살고 있다고……."

"그 여자는 온갖 초자연적인 것들을 다 믿는 것 같아. 유령, 마귀, 귀신, 도깨비 같은 것들 말이야. 그 집을 산 것도 그래서였다지?"

"요정하고 요괴도 넣어야지요. 그 집에 유령이 있

든 없든 간에, 우린 저녁 식사에 초대를 받았어요. 스파이스 식당 주인 필립이 요리를 할 거래요. 아마 멋진 밤이 될 거예요.”

셀비는 트라이플 박사 부부가 이야기하는 소리를 들으며 생각했다.

'아, 나도 대저택에서 살고 싶다. 방마다 텔레비전이 있고, 나만의 영화관이 있는 집에서 100명의 하인들을 거느리고 살면 얼마나 좋을까? 에이, 그것보다 오늘밤 마스카라 부인의 저택에서 맛있는 땅콩 소스 범벅 새우를 먹을 수만 있다면! 그런 행운이 오진 않겠지……. 박사님과 아줌마는 틀림없이 맛없는 뼈다귀 비스킷이나 한 그릇 주고 가 버리실 거야. 나는 컴퓨터 게임이나 해야겠다.'

“셀비도 데려가는 게 어때요?”

부인의 말에 셀비의 귀가 마치 로켓처럼 번쩍 들렸다.

“마스카라 부인이 싫어하지 않을까?”

박사가 물었다.

"아니, 아니에요. 옛날에 셀비의 운세를 봐 준 다음부터 부인이 셀비를 얼마나 좋아하는데요. 당신도 기억나죠? 특별히 우리에게, 셀비를 데려와도 좋다고 말했단 말이에요."

'믿을 수가 없어! 나를 정말로 데려가실 건가 봐. 와우! 나는 진짜 운이 좋아! 땅콩 소스 범벅 새우야, 기다려라. 내가 간다!'

하지만 셀비의 운은 마스카라 부인의 저택에 도착한 순간부터 바뀌기 시작했다.

"오, 귀여운 강아지를 데리고 오셨군요! 너무 사랑스럽고 귀여운 강아지예요!"

마스카라 부인이 말했다.

'사랑이고 뭐고, 빨리 음식이나 갖다 주세요! 나는 지금 한 마리의 배고픈 사냥개라구요!'

셀비는 트라이플 박사 부부를 따라서 대저택으로 들어갔다.

잘 차려 입은 손님들이 길고 멋진 식탁에 점잖게

둘러앉아 있었다. 사방에서 지글거리는 소리가 들리고 맛좋은 음식 냄새가 풍겼다. 땅콩 소스 범벅 새우의 기막힌 냄새도 풍겨 왔다.

"셀비를 위해서 특별한 요리를 준비했어요. 우리가 먹는 음식은 싫어할 것 같아서요!"

마스카라 부인이 맛없는 뼈다귀 비스킷이 잔뜩 든 그릇을 바닥에 놓으면서 말했다.

'오, 맙소사. 어쩐지 일이 잘 풀린다 했지. 차라리 그냥 집에 있게 내버려 두시지……'

셀비는 식탁 밑으로 기어 들어가 뼈다귀 비스킷 하나를 질겅질겅 씹기 시작했다.

저녁을 먹는 내내 사람들은 마스카라 부인의 저택 안에 있다는 유령 얘기에 귀를 기울였다.

'치, 말도 안 되는 얘기들이야. 근데, 오줌이 마려운데 이 저택을 어떻게 빠져나가지?'

셀비는 긴 복도를 지나 커다란 떡갈나무 문 앞에 가서 큰 소리로 두 번 짖었다.

'에이, 아무도 못 듣네. 음…… 이 추운 날씨에 굳

이 밖으로 나갈 필요가 있을까? 화장실을 쓰면 되잖아. 잽싸게 갔다 오면 아무도 눈치 못 챌 거야.'

셀비는 다시 식당으로 돌아와 저녁을 먹고 있는 사람들을 한 번 힐끗 보고는, 화장실로 들어갔다. 셀비는 살짝 문을 닫고 들어가, 일을 보고 물을 내렸다. 이제 식당으로 돌아갈 차례였다.

"마치 진짜 사람이 된 기분이야. 재밌는걸!"

셀비는 기분이 좋아서 킥킥 웃어 댔다. 하지만 문을 열려는 순간, 아무리 까치발을 해도 앞발이 손잡이에 닿지 않는다는 것을 깨달았다. 손잡이가 너무 높았던 것이다.

'어, 어떡하지? 어떻게 해서든 방법을 찾아야 되는데. 음…… 진정하자, 진정해!'

셀비는 무언가 딛고 올라갈 수 있는 게 없는지 화장실 안을 둘러보았다.

"찾았다! 됐어!"

셀비는 정리함을 열고 두루마리 화장지를 여러 개 꺼냈다.

"화장지로 피라미드를 만들어야겠어."

셀비는 두루마리 화장지를 쌓아 올리고 그 위로 올라갔다. 그리고 천천히 몸을 내밀어 손잡이를 향해 앞발을 뻗었다. 화장지 피라미드는 금방이라도 무너져 내릴 것만 같았다. 셀비는 앞발을 조금씩 조금씩 위로 더듬어 올라갔고 마침내 차가운 금속이 만져졌다.

'잡았다! 내가 해냈다구!'

그 때 갑자기 커다란 노크 소리가 들렸다.

"누구 안에 있어요?"

여자 목소리였다. 셀비는 서둘리 쇠로 된 큰 빗장을 밀어 문을 잠가 버렸다.

또다시 노크 소리가 들려 왔다. 셀비는 얼어 붙은 듯 움직이지 않았다.

'이제 어떻게 하지? 쥐새끼처럼 완전히 갇혀 버렸어…….'

셀비는 마음을 진정시키려고 애썼다.

"오래 걸릴까요? 좀 급하거든요."

문 밖의 목소리가 말했다.

'저 사람이 갈 때까지 조용히 있는 게 좋겠어.'

셀비는 생각했다.

하지만 바로 그 때, 화장지 피라미드가 와르르 무너져, 셀비는 바닥으로 쾅당 떨어지고 말았다.

"거기 괜찮아요? 여보세요! 누구 없어요? 도와줘요! 누가 화장실에서 쓰러진 것 같아요!"

'안 돼! 이제 곧 이 문을 때려 부수려 들 거야. 뭔가 빨리 방법을 찾아야 해.'

길 잃은 비둘기처럼, 셀비의 마음은 이 생각 저 생각으로 바쁘게 움직였다.

"난…… 괜찮아요. 금방 나갈게요."

셀비가 마침내 목소리를 높여 말했다.

"뭐라구요?"

"금방 나간다구요."

"진짜 괜찮아요?"

"괜찮다니까요. 이제 좀 가 주시겠어요?"

"그냥 여기서 기다릴게요."

셀비는 점점 화가 났다. 빨리 가 줘야 도망갈 수 있을 텐데, 그냥 내버려 두지 않을 모양이었다.

"다른 화장실을 이용하시면 안 될까요?"

셀비가 물었다.

"이 저택엔 화장실이 하나밖에 없는데요?"

"바보 같은 소리 마세요. 이 쓰레기 같은 집에 화장실이 수십 개는 될 텐데."

"이것 보세요! 제가 바로 이 쓰레기 같은 집의 주인이에요. 당신은 누구시죠?"

"당신이 상관할 일이 아니잖아요. 그냥 절 좀 내버려 두세요."

"저한테 이래라 저래라 하지 마세요. 당신이 나올 때까지 여기서 꼼짝도 않겠어요."

'윽, 여기서 나갈 다른 방법을 빨리 찾아야 해.'

하지만 화장실을 아무리 둘러봐도 창문은 없었다. 다행히 벽에 환풍기가 붙어 있었다.

'저 환풍기를 떼어 낼 수만 있다면 저 구멍으로 나갈 수 있을지도 몰라.'

셀비는 변기 위로 껑충 뛰어올랐다. 그런데 그만 변기 속의 차가운 물 속으로 풍덩 빠지고 말았다. 변기 뚜껑이 열려 있었던 것이다.

'오, 맙소사! 일이 왜 이렇게 꼬이는 거야.'

셀비는 펄쩍 뛰어나와 변기 뚜껑을 덮었다. 그러고는 환풍기를 떼어 내 바닥으로 내동댕이쳤다.

"무슨 일이죠? 지금 뭐 하시는 거예요?"

마스카라 부인이 소리쳤다.

"아무 일 없으니 걱정 말아요. 그냥 좀 곤란한 일이 있을 뿐이에요."

셀비가 대답했다.

"아무래도 이 문을 부숴야겠어요!"

마스카라 부인은 온 힘을 다해 문을 밀었다. 꿈쩍도 안 했지만 밀고 또 밀었다. 문의 자물쇠를 고정하고 있던 나사들이 막 풀어지기 시작할 때, 셀비는 환풍기 구멍 속으로 몸을 던졌다. 머리와 앞발은 밖으로 나갔지만 불행하게도 몸통은 너무 커서 나갈 수가 없었다.

'이런, 끼었어! 이제 마스카라 부인과 말하는 개가 정면으로 부딪치게 생겼군! 정확히 말하면 정면은 아니지만 말이야…….'

미는 힘에 못 이겨 문짝이 부서지기 직전, 셀비는 숨을 크게 한 번 들이마시고는 바깥으로 몸을 힘껏 밀었다. 그리고 곧장 바닥으로 나동그라졌다.

화장실 안에서는 문이 부서지는 소리와 비명 소리가 연달아 들려 왔다.

"어딨어? 도대체 어디로 가 버린 거야?"

셀비는 작은 구멍으로 안을 힐끗 들여다보았다. 그러고는 얼른 저택 모퉁이를 돌아 앞문으로 들어갔다. 초대된 손님들은 모두 화장실로 달려가고 있었다.

그 사람들이 모두 다시 식당으로 돌아왔을 때, 셀비는 식탁 밑에 태연하게 앉아 스파이스 식당의 최고 요리인 땅콩 소스 범벅 새우를 먹고 있었다.

"분명히 안에 누가 있었다니까요. ……하지만 그럴 리가 없겠죠? 그렇게 작은 구멍으로는 아무도 나갈 수가 없을 테니까요."

마스카라 부인이 말했다.

"사람이라면 그럴 수 없다는 말이죠?"

트라이플 부인이 말했다.

"맞아요! 유령이었던 것 같아요. 제가 이 저택에 유령이 있다고 했잖아요!"

손님들이 집으로 돌아갈 때쯤 마스카라 부인은 셀

비의 머리를 쓰다듬으며 말했다.

"너무 사랑스러운 개예요. 뼈다귀 비스킷이 맛있었는지 모르겠네요."

"맛있게 먹은 모양이에요."

트라이플 박사는 왜 셸비한테서 땅콩 소스 범벅 새우 냄새가 나는지 궁금해하면서 말했다.

"사랑스럽고 귀여운 셸비야, 잘 가라! 오늘 재미있었니? 참 얌전하고 예쁜 강아지예요."

셸비는 트라이플 박사 부부를 따라가며 생각했다.

'사랑스럽고 귀여운 강아지? 오늘 내가 정말 큰 실수를 했어. 사랑스럽고 귀여운 강아지는 화장실에서 볼일을 보는 게 아닌데…….'

4. 고양이 이름 짓기

“이 조그만 고양이 좀 보세요! 너무 귀엽죠?”

트라이플 부인이 털북숭이 고양이를 안고 쓰다듬으며 들어와 말했다. 셸비는 바닥에 누워서 트라이플 박사가 풍경화를 그리고 있는 모습을 지켜보는 중이었다.

“고, 고양이네? 그거 혹시 산 건 아니겠지?”

박사가 더듬거리며 말했다.

“아니에요. 포스티 거예요. 몇 시간만 봐 달라고 해서요. 고양이 이름도 좀 지어 달라네요.”

박사가 카펫 위에 고양이를 올려놓았다. 고양이는 셀비 옆으로 다가가 기대더니 곧 잠이 들었다.

'너무 귀엽다. 새끼 고양이는 너무 귀여워. 우리도 고양이 한 마리 키우면 좋을 텐데…….'

셀비는 생각했다.

"내가 포스티한테 아롱이라고 부르면 어떻겠냐고 했어요. 따스하고 밝은 성격이랑 딱 어울리는 이름이잖아요. 그런데 포스티가 그 이름은 안 된대요. 동물원의 코뿔소 이름이 아롱이라지 뭐예요. 자기는 아롱이라는 이름을 들으면 500킬로그램이나 나가는, 뿔 달린 야수가 생각난다나요?"

부인이 말했다.

"그렇기도 하겠네. 나도 한번 생각해 봐야겠어!"

박사가 대꾸했다.

"발명가치고는 그림 솜씨가 그리 나쁘지는 않네요. 뭘 그리는 거죠?"

트라이플 부인이 남편의 그림을 보며 물어보았다.

"보면 몰라? 보거스 마을이지. 사촌 생일 선물로

줄 거야."

"음……. 보거스 마을, 정확히 어디죠?"

"창 밖을 한번 봐. 알 수 있을 거야."

부인은 창 밖을 내다보았다. 하지만 그림과는 전혀 달랐다. 뒷마당의 나무 말고는.

"좀 이상한데요……."

"뭐가?"

"당신 그림은 다 위로 삐죽삐죽 솟아 있잖아요. 바위투성이 절벽, 산꼭대기, 빙하와 눈……."

"왜냐하면 사촌한테는 세로로 긴 그림이 필요하거든."

"하지만 보거스 마을은 옆으로 퍼진 모습을 하고 있잖아요. 완전히 평평한 곳이라구요."

"그러니까 조금 바꾼 거지."

"그리고 당신, 눈 오는 걸 그렸네요. 보거스 마을에서 눈을 본 건…… 음…… 눈 비슷한 걸 본 적이 있긴 하죠. 지난 번 걸스카우트들이 시민회관에서 캠프를 하다가 베개 싸움을 했던 날 말이에요. 그

날 밤은 온 동네에 흰색 깃털이 날아다녀서, 눈보라
가 치는 줄 알았잖아요.”

박사는 산꼭대기에 더 많은 눈을 그려 넣으며 대
꾸했다.

“하지만 걱정할 것 없어. 사촌은 한 번도 보거스
마을에 와 본 적이 없으니까. 그러니 눈이 오는지
안 오는지, 산이 있는지 없는지 전혀 모를 거야.”

“다행이군요. 근데 또 이상한 게 있는데, 그게 뭔
지 통 모르겠네요.”

“무슨 말인지 알아. 뭔가 빠진 것 같지?”

“분명 산은 아닌데……. 산은 많잖아요.”

“좋은 그림들은 항상 보는 이에게 따스한 느낌을
주지. 근데 이 그림은 그런 느낌이 없어. 왜 그럴
까…….”

박사가 말했다.

“혹시 저 눈 때문이 아닐까요?”

“아니, 아니야. ……알았다! 사람이 없잖아. 사람
이 있어야 따스한 느낌이 든다고. 사람이 없는 그림

은 마치, 마치……."

"빵만 있는 샌드위치? 바퀴 없는 자동차?"

"그래, 맞아!"

박사는 대답하면서 아내를 위아래로 훑어보았다.
마치 화가들이 모델을 그리기 위해 위아래로 훑어
보는 것처럼.

"난 급하게 나가 볼 데가 있어요. 이 털북숭이 고
양이를 그리는 게 어때요? 고양이도 따스한 느낌을
줄 거예요."

부인이 말했다. 부인은 예전에 남편이 자기 초상
화를 그렸을 때 눈을 사팔뜨기로 그렸던 것을 떠올
렸다.

"좋은 생각이야! 여기 나무 밑에다 그려야겠어."

박사가 소리쳤다. 그리고 고양이 색깔을 만들기
위해 물감을 섞었다.

부인은 어디론가 사라졌고, 셸비는 박사가 고양
이를 쓱쓱 그리는 걸 쳐다보았다. 그림을 다 그리고
나자 박사는 뒤로 물러나 자기 그림을 바라보았다.

'다른 건 다 괜찮은데…… 고양이가 좀 이상해.'

셀비는 생각했다.

"고양이는 괜찮은데…… 나머지 그림이 좀 이상하단 말씀이야. 따스한 느낌이 여전히 안 나잖아. 잔디를 깎은 다음에 다시 생각해 봐야겠어."

박사가 큰 소리로 말했다.

"아유 귀여워! 요 털북숭이 귀염둥이!"

박사가 집 밖으로 나가자, 셀비가 고양이의 털에 코를 비비며 말했다.

"어쩌면 포스티가 너를 우리 집에 살게 해 줄지도 몰라."

그 때 문득 셀비는 고양이의 두 눈이 자신을 노려보고 있다는 것을 깨달았다.

"나랑 놀까? 응? ……아야!"

순식간에 고양이는 셀비에게 달려들더니, 날카로운 발톱으로 코를 할퀴어 깊은 상처를 냈다.

"그만 해!"

셀비가 고양이 발을 치우며 말했다. 그러나 셀비
가 이 사태를 다 파악하기도 전에, 고양이는 거실
구석으로 가더니, 공중으로 뛰어올라 날카로운 이
빨로 셀비의 다리를 물었다.

"그만 해, 이 녀석아! 아프잖아!"

고양이는 셀비 주위를 빙빙 돌면서 셀비의 다리,
꼬리, 머리 등을 닥치는 대로 할퀴어 댔다.

"너랑 안 놀아! 넌 너무 사나워. 이빨하고 손톱이

꼭 면도칼 같아!”

고양이는 셀비를 잠시 쳐다보다가 하품을 하더니 몸을 쭈그리고 다시 잠이 들었다.

“이제 좀 괜찮네. 역시 너는 잘 때가 귀여워.”

셀비는 이렇게 말하고 트라이플 박사의 그림을 쳐다보다가, 이상한 게 무엇인지 깨달았다.

“알았다! 박사님은 네 수염을 깜박하고 안 그리신 거야. 수염 없는 고양이는 고양이가 아니지. 내가 대신 그려 넣어야겠어. 하얀 줄 몇 개만 그리면 이 그림은 완벽해질 거야. 박사님은 워낙 깜박깜박 잘하시니까 박사님이 그렸는 줄 알겠지?”

셀비는 하얀색 물감을 짜서 작은 붓에 묻혔다. 그리고 고양이의 얼굴에 조심스럽게 수염을 그리기 시작했다.

“멋져! 박사님이 말씀하시던 그 따스한 느낌이 전해지는걸!”

그런데 셀비가 마지막 수염을 그리려고 하는 순간, 갑자기 털뭉치가 날아와 붓을 잡고 있는 발을 치고 말았다.

"네가 한 짓 좀 봐!"

셀비는 고양이를 밀어 버리고 그림 한가운데 그어진 하얀색 굵은 줄을 바라보았다.

"네가 망쳤잖아. 큰일났네! 잔디 깎는 기계 소리도 멈췄다구. 박사님이 곧 오실 텐데……. 이런, 안 돼! 지금 오시잖아. 아줌마까지……."

트라이플 박사 부부가 들어오자 셀비는 얼른 붓을 내려놓고 카펫 위에 누웠다.

"봐요, 훨씬 좋아졌잖아요. 따스함이 느껴져요."

트라이플 부인이 말했다.

"그러게. 고양이를 그려 넣길 정말 잘했어!"

박사가 맞장구를 쳤다.

"그게 아닌 것 같은데요. 저 햇살 말이에요. 중간에 그린 커다란 햇살이 분위기를 바꾼 것 같아요."

"아…… 저 햇살! 그래, 맞아. 햇살이 따스함을 주는군."

박사는 언제 자기가 저런 것을 그렸는지 기억을

더듬었다. 그리고 갑자기 생각난 듯 말했다.

"있잖아, '햇살' 어때? 고양이 이름으로 말이야."

"와, 좋아요! 햇살처럼 따스하고 친근한 느낌이에요. 저 작은 귀염둥이에게 너무 잘 어울려요. 포스티가 좋아하겠네요!"

트라이플 부인이 말했다.

'햇살처럼 따스하고 친근한 느낌? 쇠사슬처럼 차갑고 소름끼치는 느낌이 아니고? '햇살'이란 이름을 들으면 난 이제 면도칼처럼 날카로운 이빨과 발톱이 생각날 거야.'

셀비는 상처 난 발을 핥으며 새끼 고양이를 쳐다보았다.

5. 셀비의 복수

그것은 정말로 모르고 한 실수였다. 트라이플 부인의 끔찍한 동생, 제티가 셀비네 집에 머물러 있을 때였다. 다행히도 제티보다 더 끔찍한 두 아들 윌리와 빌리는 빼고 말이다.

맞다, 셀비는 제티를 좋아하지 않는다. 미워한다고 해도 틀린 말은 아니다. 하지만 절대로, 절대로 백만 년이 지나도 제티를 물 생각은 없었다. 문다고 해도, 절대로 거길 물지는 않았을 거다.

이 모든 일은 셀비가 몰래 『사립 탐정이 되는 길』

의 '개가 도둑을 잡는 방법'을 다시 읽어 보고 있던 날에 일어났다. 서재 바닥에는 책이 펼쳐져 있었고, 셀비는 의자 위에 쭈그리고 누워서 자는 척하며 실눈을 뜨고 몰래 그 책을 읽고 있었다.

제티가 서재로 들어오는지도 모를 만큼 이야기는 흥미진진했다. 그런데 제티가 셀비를 의자 위에 놓인 방석인 줄 알고 깔고 앉으려고 한 것이다.

제티의 흔들리는 엉덩이가 셀비 위에 내려앉으려는 바로 그 순간, 셀비는 갑자기 무언가 잘못되고 있다는 것을 깨닫고 위를 올려다보았다. 그리고는 너무도 무서워서 자기도 모르게 입을 쩍 벌린 채 그대로 얼어 붙었다.

"아아아아아아아아야야야야야야야!"

제티는 엉덩이를 잡고 펄쩍 뛰면서 소리질렀다.

"이리 와 봐, 언니! 저 똥강아지가 날 물었어!"

"어디를 물었는데?"

트라이플 부인이 서재로 들어오며 물었다,

"뒤쪽을 물었단 말이야!"

“우리 셸비가 어디를 물었다구?”

“언니, 무슨 말인 줄 몰라? 앉을 때 의자에 닿는 그 곳을 물었단 말이야. 엉덩방아를 찧지 않도록 하는 완충 장치!”

“네가 무슨 말을 하는지 도무지 모르겠다.”

“내가 앞으로 걸어갈 때 뒤를 바라보고 있는 신체의 한 부분 있잖아. 셸비가 거길 물었단 말이야!”

“아, 네 엉덩이를 물었구나!”

“그렇게 꼭 집어서 말해야 돼?”

“하지만 셀비는 평생 한 번도 누굴 물어 본 적이 없는걸? 완충 장치고 뭐고 간에, 뭘 물은 적이 없다구. 왜 그랬을까? 이상하네…….”

부인은 셀비의 머리를 토닥였다.

“하여간 확실한 건, 개의 이빨 자국이 내 엉덩이에 났고, 그래서 지금 엉덩이가 엄청 아프단 거야!”

“정말 미안하구나.”

“당장 경찰을 불러. 다른 못된 개들처럼 안락사를 시켜야 해!”

제티의 말에 부인은 얼른 셀비의 귀를 막으며 소리쳤다.

“안락사라구? 우리 집에서 그런 말은 사용하지 않았으면 좋겠구나! 이 개가 네 말을 알아듣지 못하는 걸 다행으로 생각해! 만약 알아들었다면 엄청 기분 나쁘고 가슴 아팠을 거야. 이 집에서는 어느 누구도, 그 무엇도 안락사되는 일은 없을 거다. 무슨 말인 줄 알겠니?"

셀비는 "죄송하지만요, 제 이야기도 좀 들어 주세요. 전 아무 생각 없이 책을 읽고 있었는데, 저 뚱보가 저를 방석으로 알고 깔고 앉으려 했다구요."라고 말하고 싶었지만 그만두기로 했다.

"언니가 경찰을 부르지 않으면 내가 부를 거야!"

제티의 말에 부인은 목소리를 높였다.

"제정신이니? 경찰을 부르려거든 이 집에서 나가 다오. 그리고 다시는 찾아올 생각 마라!"

"그렇다면 저 늙은 셀빈가 뭔가 하는 개를 훈련 학교에 보내는 것이 좋겠어. 예의범절을 좀 배워 오라고 말이야. 나처럼 불쌍하고 힘 없고 죄 없는 사람들을 또 해치기 전에!"

제티의 말을 들은 셀비는 아픈 턱을 위아래로 움직여 보며 생각했다.

'정말 불쌍하고 힘 없고 죄 없는 사람이 되고 싶은 모양이군. 말도 안 돼! 자기가 나를 깔고 앉으려 하고선, 나를 안락사시켜야 한다구? 예의범절을 배

워야 할 사람은 따로 있다구!'

"훈련 학교?"

"마침 오늘 오후에 경찰견 훈련 조교인 깐깐이 경사가 보거스 마을 개들에게 무료로 훈련을 시켜 준대. 그 자리에 저 야만적인 개도 데려가면 어떨까? 저런 개도 가망이 있는지 모르겠지만……."

"생각해 볼게."

동생한테 지기 싫어하는 부인이 말했다. 하지만 부인은 셀비를 훈련시켜 보는 것도 재미있을 거라고 생각하는 중이었다.

결국 트라이플 부인은 셀비를 개 훈련 장소인 공원으로 데려갔다. 그리고 다른 20마리의 개와 그 주인들과 함께, 깐깐이 경사가 자신의 경찰견인 비프에게 시범 훈련을 시키고 있는 것을 지켜보았다.

"걸어!"

"멈춰!"

"일어서!"

“가지고 와!”

“앉아!”

“손 흔들어!”

비프는 경사가 하라는 대로 했다. 명령을 받고 있지 않을 때에는 동상처럼 뻣뻣하게 서 있었다.

셸비는 생각했다.

‘비프는 내가 본 개들 중에 가장 멍청한 개일 거야. 저런 짓을 왜 해야 하지? 깐깐이 경사는 저 불쌍한 개를 마치 로봇처럼 다루고 있어. 자기 애완견을 로봇 취급하고 싶은 사람이 설마 있을까?’

“여러분의 개를 저의 수업에 등록시키면, 보너스로 투견 교육까지 시켜 드리겠습니다.”

깐깐이 경사가 말했다.

“세상에! 사랑하는 자기 개를 투견으로 만들고 싶어하는 사람도 있나요?”

트라이플 부인이 묻자 깐깐이 경사가 대답했다.

“도둑을 막기 위해서지요. 보거스 마을 같은 평화로운 시골에도 도둑은 있게 마련이니까요.”

‘맞아. 지금 여기에도 있을지 몰라.’

셀비는 생각했다.

“자, 시범을 보여 드리겠습니다. 제가 도둑 역할을 할 테니, 비프의 행동을 잘 보세요.”

깐깐이 경사는 이렇게 말하더니 팔에 푹신한 보호 장구를 두르고 머리에는 검은 스키 마스크를 썼다. 벌써 비프는 으르렁거리며 이빨을 드러냈다. 경사는 마스크 속에서 비프를 응시하며 말했다.

“좋아, 비프! 공격해!”

비프는 무섭게 짖으면서 경사에게 달려들었다. 비프의 근육이 출렁거렸고, 입에서는 침이 뚝뚝 떨어졌다. 비프는 공중으로 날아올라 깐깐이 경사를 넘어뜨렸다. 그리고 으르렁거리며 경사의 소매를 마구 물어 찢었다. 그러자 셀비만 빼고 그 곳에 있던 모든 개들이 흥분해서 마구 짖으며 각자 묶여 있는 줄을 잡아당기기 시작했다.

그 때 깐깐이 경사가 마스크를 벗고서 말했다.

“멈춰! 앉아!”

비프는 즉시 멈췄다.

'와, 진짜 무섭다. 하지만 내가 진짜 도둑을 어떻게 잡겠어? 도둑을 잡기 전에 내가 다치고 말 거야!'

셀비는 생각했다.

시범 훈련은 끝났지만, 셀비의 심장은 여전히 빠르게 뛰고 있었다. 그런데 그 때 공원 근처, 어느 집 옆에서 뭔가 움직였다. 어떤 물체가 천천히 수풀 속으로 기어가고 있는 것이 어슴푸레 보였다.

'도둑이다!'

셀비는 생각했다. 비프 역시 그 수상한 사람을 보고 몸이 뻣뻣해지는 것을 셀비는 알 수 있었다.

'저 집을 털려나 봐! 깐깐이 경사에게 알려야 해! 그래야 비프더러 공격하라고 하지! 하지만 말을 하면 비밀이 탄로날 텐데……. 그렇다고 내가 저 도둑과 싸울 수는 없어! 난 투견이 아니잖아? 오, 안 돼! 이제 어떻게 하지? 복화술*이라도 써야겠어!'

---

* 입을 다문 채 소리 내어 말하는 기술.

셸비는 앞발로 입을 막았다.

그 다음에 무슨 일이 벌어졌는지 제대로 아는 사람은 아무도 없다. 어디선가 갑자기 "공격!" 하는 이상한 목소리가 들렸고, 그 소리에 비프는 수상한 사람이 숨어든 수풀을 향하여 달려갔으며, 공원에 있던 다른 개들도 무리를 지어 따라갔다. 그 때문에, 언니가 정말 셸비를 훈련시키러 갔는지 확인하기 위해 수풀 속에 숨어 있던 제티는 봉변을 당하고 말았다. 제티는 재빨리 나무 위로 기어 올라갔지만, 십여 마리의 개들은 나무 아래서 제티의 바지를 물어뜯고 있었다.

"너 거기서 도대체 뭘 하고 있었던 거야?"

트라이플 부인이 소리쳤다.

"재네 좀 쫓아 줘! 이게 다 셸비 때문이야. 저 멍청한 개가 나를 물지만 않았어도 이런 일은 없었다구!"

셸비는 숨어서 실실 웃으며 생각했다.

'뭐, 멍청한 개라고? 엉덩이나 꽉 깨물어 버릴까 보다. 아 참, 그것 때문에 벌어진 일이지!'

6. 보물섬을 찾아서

"이것 좀 봐! 옛날 지도야. 섬 같은데?"

트라이플 박사가 소리쳤다.

셀비는 누운 채로 박사를 쳐다보았다. 박사는 고치고 있던 의자에서 구겨진 종이 하나를 빼 내고 있었다.

"정말이에요?"

트라이플 부인이 물었다.

"음……. 우리, 이 의자 어디서 났지?"

"대대로 내려온 거예요. 원래는 우리 할아버지의

할아버지의 할아버지의 할아버지의 할아버지의 할아버지의 할머니 것이었죠. 그 할머님 이름이 페기였는데, 퍼스*의 유명한 배우셨대요.”

부인은 ‘할아버지의’의 횟수를 손가락으로 꼽으며 말했다.

“설마 그 유명한 퍼스의 페기는 아니겠지?”

“들어 본 적 있어요?”

“그럼, 당연하지. 당신의 할아버지의 할아버지의 할아버지의 할아버지의 할아버지의 할아버지의…… 아무튼 누구건 간에 진짜 유명하셨지.”

“우리 집안 조상 중엔 유명한 사람들이 많아요.”

부인이 자랑스럽게 말했다.

“하지만 배우로 유명한 게 아니었어. 해적으로 유명했다구!”

박사의 말에 부인은 얼굴을 붉히며 대답했다.

“그건 소문일 뿐이에요. 아무 증거도 없잖아요.”

---

* 오스트레일리아 서쪽 지방 도시.

"이 지도는 페기 할머님 것일지도 몰라."

셀비는 퍼스의 해적이었던 페기에 대한 이야기를 어디선가 읽은 것 같았다. 페기는 연기를 너무 못해서 무대에서 쫓겨나 바다로 가서 해적이 되었다고 했다. 그 뒤 페기는 여러 해 동안 살인을 일삼는 해적단과 함께 남쪽 바다를 떠돌아 다니며 배들을 노략질해서 엄청난 금은 보화를 훔쳤다는 이야기였다.

"페기 할머님은 다른 배우들도 납치해 갔대요. 그러곤 할머니의 비밀 섬으로 데려가 같이 연기를 했대요. 당연히 페기 할머니가 항상 주인공이었겠죠."

부인이 설명했다.

트라이플 박사 부부가 지도를 바닥에 놓고 들여다보는 동안, 셀비도 몰래 눈여겨 봐 두었다.

"보물 지도가 틀림없어!"

박사가 말했다.

"어떻게 알죠?"

"여기 좀 봐. '큰 바위에서 오른쪽으로 돌고, 거기서 열여섯 걸음 걸은 뒤 왼쪽으로 돌아라.' 보이지?

또, 구석에 '보물 지도'라고 쓰여 있잖아.”

“이 섬에 진짜로 보물이 묻혀 있을까요?”

“그건 알 수 없지.”

셀비의 머릿속에 상자마다 금은 보화가 가득 쌓여 있는 모습이 떠올랐다.

'보물! 너무 멋져! 난 부자가 될 거야! 부자, 부자, 부자, 부자가 될 거라구! 보물을 사랑해!'

“그런데 섬의 이름이 없네. 지도만 있으면 뭐 해? 섬이 어디 있는 줄 모르는데!”

박사가 말했다. 그러나 곧 박사는 컴퓨터에 섬 찾기 프로그램이 있다는 것을 떠올렸다. 박사는 곧장 서재로 달려가 그 지도를 스캔했다. 여러 차례 '빙빙 핍핍 붑붑' 소리가 나더니 컴퓨터 화면에 해답이 떴다.

“배리 해에 있는 작은 섬이로군. 교통…… 섬? 이름이 교통 섬이래. 레퓨 섬 옆에 있군. 그것 참……. 길도 없고 사람도 없는 섬에 웬 교통? 이상하네!”

“이번 주말에 배리 해로 가 봐요. 섬을 찾으면 땅

을 팔 수도 있겠죠? 멋진 여행이 될 거예요."

부인이 말했다.

다음 날 트라이플 박사 부부는 배리 해로 가는 비행기를 탔다. 셀비는 작은 우리에 실려 짐칸에 끼어 탔다. 셀비가 이런 대우를 상관하지 않은 것은 이번이 처음이었다.

"부자, 부자, 부자! 이제 곧 돈이 넘쳐날 거야! 지금은 비록 이 비좁은 상자에 갇혀 있지만, 곧 나에게도 에메랄드가 박힌 개목걸이와 금과 은으로 만들어진 벼룩빗이 돌아오겠지? 그러면 나는 이 세상 최고의 부자 애완견이 되는 거야! 우리는 하인들이 아주 많은 대저택에서 살게 되겠지? 그렇게만 되면 내 비밀을 두 분한테도 말해야겠어. 하인들이 많을 테니까 나한테는 일을 안 시킬 것 아냐. 그리고 그 때가 되면 사람들이 앉는 비행기 좌석도 차지할 수 있겠지? 물론 일등석으로……."

얼마 후 트라이플 박사 부부와 셀비는 '정보 만'

이라는 부둣가에서 배를 기다리고 있었다. 몇 분이
지나자, 눈이 엄청 나쁜 데다 전직이 버스 기사인
슬릭 선장이 배를 끌고 왔다.

'또 저 아저씨야? 저 아저씬 골치 아픈데…….'
셀비는 생각했다.

"이 분 후에 출발합니다. 조심해서 올라타세요."
슬릭 선장의 말을 듣고 트라이플 박사 부부가 마
치 버스처럼 생긴 배 '화려한 외출' 호에 올라탔다.

"뒤쪽으로 가 주십시오."
슬릭 선장이 두 사람에게 말했다.

"교통 섬으로 가 주세요. 어딘지 아시죠?"
트라이플 박사가 물었다. 선장은 줄을 잡아당겨
배를 출발시키며 큰 소리로 대답했다.

"어딘지 아냐구요? 제가 275번 버스 운전을 포기
하고 이 버스를 바다로 가져왔을 때, 그 작은 모래
밭 섬은 이름도 없었어요. 교통 섬이라고 이름을 지
은 것도 바로 저라구요."

"버스 기사가 붙인 이름답네요."

부인이 말했다.

드디어 두 시간 후, '화려한 외출' 호는 막 교통 섬을 지나고 있었다.

"선장님! 여기서 세워 줘야죠!"

부인이 소리쳤다.

"벨을 안 눌렀잖아요. 손님 여러분의 생각을 제가 어떻게 일일이 알겠어요."

슬릭 선장은 해안에 배를 세우며 말했다.

셀비와 트라이플 박사 부부는 교통 섬 해변으로 기어 올라갔다. 배가 멀리 사라지고 나서야 박사와 부인은 큰 바위 옆에 섰다. 그리고 거기서 곧장 오른쪽으로 돌아 열여섯 걸음 걷고, 똑바로 열 걸음, 왼쪽으로 여덟 걸음을 갔다.

"여기예요! 숨겨진 보물들아, 우리가 왔다!"

부인이 삽으로 모래를 파며 소리쳤다.

셀비는 코코넛 나무 그늘에 앉아 숨겨진 보물에 대한 상상에 빠져들었다. 트라이플 박사 부부와 함께 해변에서 춤을 추며 금은 보화를 공중으로 던지는 상상이었다.

'근데 왜 항상 사람들은 보물을 발견하면 주머니에 넣지 않고 공중으로 던지는 걸까? 물론 참을 수 없을 정도로 기분이 좋아서겠지?'

한 시간 동안 트라이플 박사와 부인은 점점 더 깊고 크게 모래를 팠다. 구덩이는 결국 '화려한 외출' 호를 묻어도 될 만큼 커졌다. 시간이 지날수록 보물에 대한 셀비의 환상은 점점 사라졌다. 그리고 어쩌면 자신의 비밀을 무덤까지 가지고 가야 될지 모르겠다고 생각했다.

"포기해요! 보물 같은 건 없어요. 돌아가요."
마침내 부인이 말했다.
"하지만 버스는, 아니 배는 내일 아침에 오는데?"
박사가 시간표를 보더니 말을 이었다.
"오늘밤은 여기서 캠핑을 해야겠어."

밤이 되었다. 트라이플 박사 부부는 침낭 속에 누워 있었다. 셀비는 모닥불 옆에 누워 생각했다.

‘인생은 왜 이렇게 잔인한 거지? 아까까지만 해도 자유로운 개가 될 뻔했는데……. 부자에다 완전히 자유의 몸인 개 말이야. 하지만 이제는 절대로 그렇게 될 수가 없다니. 맙소사!’

“나의 할아버지의 할아버지의 할아버지의 할아버지의 할아버지의 할아버지의 할머니는 진짜 해적이 아니었나 봐요.”

부인이 말했다.

“배우들은 사실 아주 비현실적이야. 도대체가 믿을 수 없다구! 앞뒤 분간도 못 하는 사람들이지. 페기 할머니는 이 모든 것을 혼자 상상하신 거야.”

박사가 말했다.

‘박사님 말이 맞아. 배우들은 앞뒤 분간도 못 하는 사람들이야.’

셀비는 예전해 했던 연극 리허설을 떠올렸다. 배우들은, 감독이 뒤로 가라면 앞으로 가고, 앞으로 가라면 뒤로 가곤 했다. 그뿐이 아니었다. 배우들은 또, 감독이 오른쪽으로 가라면 왼쪽으로 가고, 왼쪽으로 가라면 오른쪽으로 갔다. 셀비는 몇 분 동안 생각했다. 그리고 몇 분 동안 또 생각했다. 세 번째로 다시 생각하고 나서 셀비는 벌떡 일어섰다.

'잠깐! 무대에서 오른쪽, 왼쪽은 무대를 바라보는 사람들과는 반대야. 그러니까 배우들은 늘 그렇게 반대로 움직인 거지. 페기 할머니의 지도는 그래서 틀린 거야. 모두 반대로 되어 있는 거라구!'

셀비는 박사와 부인이 코를 골 때까지 기다렸다가, 조용히 소풍 바구니에서 지도와 손전등을 꺼내서 맨 처음 큰 바위로 갔다.

"자, 어디 보자……. 처음에 열여섯 걸음 오른쪽, 아니 왼쪽! 그 다음에 똑바로, 아니 뒤로 열 걸음 걷고, 여덟 걸음 오른쪽으로……."

셀비는 뒷발로 서서 개의 걸음이 아닌 사람의 걸음으로 한 걸음 한 걸음 다리를 뻗어 걸었다. 마침내 정확한 지점에 다다른 셀비는 미친 듯이 땅을 파기 시작했다. 그리고 얼마 뒤, 앞발에 뭔가 딱딱한 것이 느껴졌다. 셀비는 크게 숨을 들이마셨다가 모래를 후 불었다. 바로 보물 상자였다.

"보물 상자다! 바로 이거야! 퍼스의 해적이었던 폐기가 숨겨 놓은 보물이라구! 너무 기뻐!"

셀비는 소리쳤다. 셀비는 보물 상자의 뚜껑을 열고 손전등을 갖다 댔다. 상자에서는 반짝반짝 번쩍번쩍 빛이 뿜어져 나왔다.

"보물이다! 내가 찾았어! 전부 사실이었던 거야! 이제 나는 자유다! 박사님과 아줌마한테 빨리 모든 것을 말하고 싶어!"

셀비는 보물을 한 움큼 집어 공중으로 던졌다. 왜 그러는지도 모르면서 말이다. 그리고 열몇 개의 목걸이를 목에 두르고 발가락마다 반지를 끼었다. 앞발 뒷발 모두 팔찌까지 잔뜩 끼었다.

"이것 좀 봐, 왕관도 있어! 이건 내가 가질래!"

셀비는 헐떡이면서 온갖 보석이 박힌 왕관을 맨 밑바닥에서 꺼내어 머리에 썼다.

셀비는 뒷발로 서서 천천히 걸어갔다. 지나가는

곳마다 반지와 팔찌를 떨어뜨리면서.

"빨리 박사님이랑 아줌마한테 말해야겠어! 어우,
떨려!"

셀비는 모닥불 주위를 왔다갔다하다가 어두운 곳
으로 가서 목을 가다듬었다.

"에헴! 에에에에헤헤헤헤헴!"

그 때였다. 부인이 눈을 뜨더니 목걸이와 두 개의 반지가 모래 위에 있는 것을 보았다. 부인은 손을 뻗어서 그것들을 집어들었다. 셀비는 가까이 서서 씩 웃으며 언제쯤 자기를 알아볼지 기다리고 있었다.

"여보! 빨리 일어나요! 이것 좀 봐요!"

부인이 남편을 흔들어 깨우며 소리쳤다. 박사는 천천히 일어나 보석들을 쳐다보았다.

"아마 배우들이 여기서 캠핑을 했었나 봐요! 이 보석들 좀 봐요. 연극 소품 맞죠?"

부인이 말했다.

"맞아! 진짜같이 보이는 모조품들이야."

박사가 반지를 껴 보며 말했다. 그리고 큰 소리로 웃더니 말을 이었다.

"이런! 우리는 숨겨진 보물을 찾으러 왔는데, 기껏 찾은 거라고는 이 가짜 보석들이니!"

그 때 갑자기 부인이 셀비가 서 있는 곳을 쳐다보았다.

"어머나! 당신, 봤어요?"

부인이 눈을 비비며 말했다.

"뭔가 희미한 게 보였는데⋯⋯."

"뭘까요?"

"수풀 속으로 도망치는 동물이겠지."

"잠깐, 이상한 소리도 들려요! 꼭 누가 땅 파는 소리 같은데⋯⋯."

"아무것도 아닐 거야. 어서 잠이나 자요, 여보! 그냥 너구리겠지."

박사가 하품을 하며 말했다.

"페기 할머니는 실력 없는 배우뿐만이 아니었어."

셸비는 가짜 왕관과 반지, 팔찌, 목걸이들을 다시 상자 안에 던져 넣고 구멍을 메우며 말했다.

"실력 없는 해적이기까지 했다구! 정말 바보 같아! 기껏 훔친 것이 고작 연극 소품이었다니, 이것도 다 내 운이지, 뭐!"

7. 세차장에 간 셀비

"보거스 마을은 지금 무시무시한 범죄 사건에 휘말려 있어요. 나는 시장으로서, 이 일의 해결을 위한 회의를 열기로 했어요. 당신도 참석해야 해요."

트라이플 부인이 셀비를 쓰다듬고 있는 트라이플 박사에게 말했다.

'무시무시한 범죄 사건? 섬뜩한걸!'

셀비는 생각했다.

"오늘 저녁에는 세차를 하려고 했는데……."

"그건 내가 다 해결해 놨어요. 회의를 하는 동안

비비안이 와서 세차를 해 주기로 했거든요.”

“그런데 비비안이 차를 어떻게 세차장까지 끌고 가지?”

“무슨 소리예요? 당연히 운전해서 몰고 가죠. 차는 길에다 세워 놨어요. 열쇠는 차 안에 있고요.”

“범죄가 일어나는 마당에, 차에 열쇠를 꽂아 둬?”

“괜찮을 거예요. 우리 동네에서 차를 도둑맞은 일은 아직 한 번도 없었잖아요.”

“그래도……. 그런데 비비안이 누구야?”

“자동차 정비사예요.”

부인이 대답했다. 박사는 셀비의 털을 자세히 들여다보더니 말했다.

“자동차 말고 씻어야 할 것이 또 있어. 셀비 좀 봐. 얼마나 안 씻었는지 털이 착 가라앉은 데다가 윤기도 없잖아. 좀 씻겨야겠어.”

“맞아요. 셀비는 털이 생명인데…….”

트라이플 박사 부부가 집에서 나가자 셸비는 『사립 탐정이 되는 길』을 꺼내 자동차 도둑에 대한 부분을 읽기 시작했다. 셸비는 걱정이 되기 시작했다.

"박사님이랑 아줌마는 사람들을 너무 믿는 것 같아. 누구든지 차를 몰고 튈 수도 있잖아. 차 도둑들은 항상 열쇠가 꽂혀 있는 차를 찾아 다닌다구."

셸비는 커텐을 열고 어두운 바깥을 내다보았다.

"차 도둑이 아니라 비비안인가 뭔가 하는 사람이 차를 가져갈 수도 있잖아. 계속 지켜봐야지."

셸비의 말이 끝나자마자 어둠 속에서 한 남자가 길을 걸어가고 있는 모습이 보였다. 그 남자는 박사의 차 앞에 멈추어 서더니 창문 안을 유심히 들여다보았다.

"어라? 저 사람, 뭐 하는 거야? ……아니지, 내가 지금 무슨 말을 하는 거야! 차 안을 들여다보는 게 잘못은 아니지. 진정해! 난 상상력이 너무 뛰어나서 탈이야. ……어, 어, 잠깐! 문을 열고 있잖아. 차 안으로 들어가고 있어! 안 돼. 막아야 해!"

셸비는 생각할 겨를도 없이 창문을 열고 냅다 소리를 질렀다.

"거기서 당장 나와!"

도둑들이 무서워할 만한 우렁찬 목소리였다.

남자는 목소리가 들리는 곳을 찾기 위해 주위를 둘러보았다.

"뭐라구요?"

남자가 말했다.

셸비는 창문에 앞발을 걸치고 서 있었고, 남자는 똑바로 셸비를 쳐다보고 있었다.

'저 사람이 지금 날 보고 있잖아. 조용히 있어야 해. 절대로 입을 열면 안 돼. 아무것도 못 본 체해야지. 일단 여길 피해야겠어. 그러다가 박사님 차를 도둑맞으면 어떻게 하지?'

셸비는 창문에서 떨어져 박사의 서재로 뛰어갔다. 그리고 전화기를 들고 번호를 눌렀다.

"네, 파출소입니다. 무엇을 도와드릴까요?"

"자동차 도둑을 신고하려구요."

"성함과 주소를 말씀해 주십시오."

"시간이 없어요! 긴급 상황이라구요! 빨리 이리로 오세요! 지금 차를 훔치려 한단 말이에요!"

"그러니까 아직 훔쳐 가지는 않은 거죠?"

"네, 아직은요. 하지만 지금 그러려고 한단 말이에요."

"그러면 도둑이 아니네요."

"하지만 이제 곧 그렇게 될 거예요."

셀비는 차에 시동이 걸리는 소리를 들으며 말했다.

"그러니까 정확히 말하면, 지금 차를 훔치는 중인 사람을 신고하려는 거군요?"

"그게 차 도둑이랑 뭐가 틀려요? 여긴 번야번야가예요. 어? 지금 차를 몰고 가고 있어요. 이제는 차 도둑이라고 해도 되죠? 빨간색 자동차예요. 빨리 와 주세요."

셀비는 수화기를 쿵 내려놓고 밖으로 달려나갔다.

"저 사람을 막아야 해! 내가 할 수 있을지 모르겠

지만…… 어쨌든 시도는 해 봐야지."

셀비가 전속력으로 차를 쫓아가며 말했다. 트라이플 박사의 차가 빨간 불이 켜진 신호등 앞에서 멈추는 것이 보였다. 그리고 그 때 멀리서 경찰차 사이렌 소리가 울려 퍼졌다.

"잡았다! 신호가 바뀌기 전에 얼른 올라타야지."

차 가까이 다가가며 셀비가 말했다. 신호등이 막 초록색으로 바뀌려는 순간, 셀비는 얼른 차 뒤에 올라탔다. 그리고 지붕으로 기어 올라갔다.

"이제 이 차를 어떻게 멈추느냐만 남았어."

그 때 차가 속도를 내면서 셀비의 발이 자꾸 뒤로 미끄러졌다.

"아이고! 차를 이렇게 마구 몰다니! 뭔가 잡아야겠어. 그런데…… 이런, 잡을 게 아무것도 없잖아!"

셀비는 발톱을 앞 창문 사이에 끼고 바짝 엎드렸다. 차는 마을 중심가를 향해 마구 달렸다. 사이렌 소리가 점점 가까이 들리더니 드디어 모퉁이를 돌아 오는 경찰차가 보였다. 경찰차에서 파란 불이 번

쩠였다. 경찰은 창문 밖으로 손을 흔들었다.

"다행이다! 금방 잡히겠어."

경찰차가 다가오자 차는 천천히 멈추었다. 숏다리 경사가 손전등으로 차 안을 비추더니 말했다.

"비비안, 당신이었군요. 차 도둑인 줄 알았어요. 누가 차를 훔쳐 간다고 해서 이 찬 줄 알았죠."

"실망시켜 드려서 죄송하군요. 지금 시장님 차를 세차하러 가는 중이에요."

'비비안? 앗, 정비사였구나! 비비안은 여자 이름인데……'

셀비는 몸을 더욱 낮추며 생각했다.

"그럼, 어서 가세요. 시장님 개도 데려가시네요. 상쾌한 공기라도 마시게 하려나 보죠?"

숏다리 경사가 웃으면서 돌아갔다.

"시장님 개? 무슨 뜻이지? 이번 사건으로 경찰들 머리가 어떻게 됐나 보군."

비비안이 중얼거렸다.

'휴, 살았다! 차가 다시 움직이기 전에 여기서 빨

리 내려야겠어.'

셀비는 생각했다.

하지만 차에서 내려오려는 순간, 셀비는 발톱이 창문에 끼어 버렸다는 사실을 깨달았다. 빼려고 발버둥쳤지만 너무 세게 끼어 있어서 뺄 수가 없었다. 바로 그 때, 차가 움직이기 시작했다.

'안 돼! 여기서 어떻게 빠져나가지?'

셀비는 다시 한 번 발버둥쳐 봤지만 소용이 없었다. 너무 꽉 끼어 있었던 것이다.

차는 천천히 속도를 줄이면서 '휘파람 세차장'으로 들어섰다. 비비안은 곧장 자동 세차 기계로 차를 몰더니 재빨리 작동 단추를 눌렀다. 이어서 창문이 올라가자 비누 거품이 셀비의 얼굴을 때리기 시작했다. 곧이어 거대한 솔이 셀비를 향해 다가왔다.

'아야! 눈 따가워! 안 돼! 이 기계가 나를 익사시키고 말 거야. 이 솔이 나를 죽이겠어!"

그 뒤 몇 분 동안 셀비는 거의 초주검이 될 정도로 씻겨지고 문질러지고 헹궈졌다. 한 번도 씻어 본 적

없는 몸 안쪽 구석구석까지도.

자동차는 이제 세차의 마지막 단계로 가고 있었다. 셀비는 자동차에 광택을 내는 거대한 금속 바퀴가 윙윙 소리를 내며 다가오는 것을 보았다.

'이제 진짜로 죽었다! 지금 이 상황에서 비밀이 뭐가 중요해? 내 목숨부터 구하고 봐야지.'

셀비는 똑똑한 발음으로 크게 소리질렀다.

"도와줘요! 이 괴물 같은 기계가 내 가죽을 산 채로 벗겨 내기 전에 빨리 멈춰 줘요!"

윙윙거리는 바퀴 소리와 함께 비비안의 목소리가 희미하게 들려 왔다.

"누구야?"

"저예요! 차 위에 있어요. 빨랑 기계를 멈춰 줘요! 당신이 내가 말하는 것을 알아도 이제 상관 없어요."

"멈출 수가 없어. 한번 시작하면 이 기계는 멈출 수가 없다고. 근데 당신 누구야? 거긴 어떻게 올라갔어? 그리고 말을 하다니, 그건 또 무슨 말이야?"

비비안이 소리쳤다.

'정말 바보 같은 짓이야. 죽는 방법도 가지가지라더니…… 세차 기계 속에서 죽을 줄이야!'

그런데 바로 그 때, 세차 기계 바퀴가 셀비를 치면서 창문 틈에 끼어 있던 발톱이 빠졌다. 셀비는 곧장 길 건너 수풀 속으로 튕겨져 나갔다. 세차가 끝나자마자 비비안은 차 안에서 뛰쳐나와 차 위를 쳐다보았다.

"도대체 어디 있는 거요? 아무도 없잖아. 이런! 나

까지 머리가 돌았나 봐.”

셀비는 집으로 달려가 차고 구멍을 통해 거실로 들어갔다. 그리고 바로 그 때, 트라이플 박사 부부가 현관으로 들어섰다.

‘휴! 시간을 딱 맞췄네.’

박사는 소파에 몸을 던지더니 셀비를 쓰다듬으며 말했다.

“셀비를 목욕시켜야겠다는 말은 이제 취소야.”

“아까까지만 해도 씻겨야겠다고 했잖아요.”

부인이 대꾸했다.

“그랬지. 하지만 셀비 털이 이렇게 깨끗하고 폭신폭신해졌는걸? 미용실이라도 다녀온 것처럼 말이야.”

“와, 마치 방금 씻기고 말린 것 같아요. 신기해요!”

부인이 셀비의 머리를 쓰다듬었다.

‘모든 게 다 내가 운이 좋아서야!’

셀비는 오늘, 죽지 않고 살아 돌아온 것을 몹시 기뻐하며 생각했다.

8. 조스는 무서워

"제리가 정말 멋진 풀장을 만들어 줬어요."

트라이플 부인이 말했다. 부인은 제리의 카탈로
그 사진과 뒷마당에 지은 새 풀장을 비교해 보더니
말을 이었다.

"문제가 하나 있다면, 위치가 잘못됐다는 거죠."

"그렇다고 이제 와서 풀장을 옮길 수는 없잖아.
풀장을 짓기 전에 말을 했어야지."

박사가 말했다.

"아니, 내 말은 나무 밑에 있어서 안 좋다는 거예

요. 풀장을 만들려고 나무를 자를 순 없어요. 하지
만 물에 떠 있는 나뭇잎을 건져 내는 게 보통 일이
아니라구요. 저기 봐요! 벌써 떨어지잖아요!”

부인은 나무에서 떨어지는 나뭇잎을 가리켰다.
나뭇잎은 풀장 안으로 떨어지더니 마치 작은 배처
럼 물 위를 떠 다녔다.

“풀장을 나무 밑에 짓는 건 당신 생각이었잖아.
그래야 수영할 때 햇볕에 안 탄다며? 기억나지?”

“그 때는 나뭇잎 생각은 못 했죠.”

“나에게 완벽한 해결책이 있어. 걱정하지 마.”

박사가 과학자 특유의 미소를 살짝 지으며 말했다.

“해결책이 있다구요?”

“당연하지. 당신은 그냥 보기만 해. 조스가 모든
것을 해결해 줄 테니까.”

“조스? 그게 뭐예요?”

“내가 새로 발명한 나뭇잎 잡는 기계야. 풀장에
떨어진 나뭇잎들과 함께 당신의 고민까지 모두 없
애 줄 거야.”

"나뭇잎 잡는 기계요? 너무 멋져요! 혹시 조스가 '조심조심 스멀스멀'의 약자인가요?"

남편이 평소에 발명품 이름을 어떻게 짓는지 잘 아는 부인이 말했다.

"아니, 이번에는 아무 뜻도 없어. 그냥 조스야. 자, 나뭇잎을 어떻게 하는지 잘 봐."

셸비는 수풀 속에 누워서 몰래 『사립 탐정이 되는 길』을 읽고 있었다. 그리고 동시에 실눈으로 트라이플 박사 부부를 지켜보고 있었다.

'아, 두 분이 빨리 외출하셨으면 좋겠다. 새 풀장에서 놀게……. 풀장 가장자리에 앉아 발을 담그고 더위를 식혀야지.'

셸비는 생각했다.

그 때 갑자기 거대한 상어 한 마리가 물 위로 머리를 내밀더니 물에 뜬 나뭇잎을 마구 먹어치우기 시작했다. 부인은 비명을 질렀지만, 상어는 물 속으로 금세 사라져 버렸다.

"으악! 살려 줘요! 경찰을 불러요! 여보, 봤어요?

우리 풀장 안에 괴물이 있어요!"

"괜찮아. 저건 진짜 상어가 아니야. 조스라구. 내 발명품이야."

부인은 한 걸음 앞으로 다가가 물 속을 들여다보았다.

"그러니까 저게 기계란 말이에요?"

"유리 섬유로 만들었어. 이빨은 고무로 만들었고. 재미있으라고 상어 모양으로 만든 것뿐이야."

"재미라구요? 빨리 저걸 건져 내요! 저런 기계와 같이 수영하는 건 절대 반대예요."

"왜?"

"저 기계가 나뭇잎을 물다가 실수로 나를 물 수도 있으니까요! 그게 이유예요."

"아니, 아니야. 당신이 모르나 본데, 조스는 당신을 잡아먹을 수 없어."

"지금 장난해요? 자동차도 잡아먹을 수 있게 생겼던데요."

"하지만 여보, 조스는 정말 안전해. 조스에겐 눈

이 달려 있단 말이야.”

박사가 설명했다.

“이빨은 식빵 자르는 칼만큼이나 크구요!”

부인이 말했다.

“아니야. 내가 말하는 눈은 그냥 머리에 달린 구슬 같은 게 아냐. 일종의 에너지 측정기라구. 나뭇잎처럼 조그맣고 동동 뜨는 것만 물도록 설정해 놨으니까 아무 걱정할 것 없어. 당신은 조그맣지 않잖아. 게다가 물에 뜨지도 않고. 당신이 물에 들어가면 물이 엄청 흘러 넘치는 거 알지?”

“그건 나도 다 아니까 자꾸 말하지 마세요. 하지만 아직도 불안해요. 눈이 있건 없건 말이에요.”

“얼마나 안전한지 내가 직접 보여 줄게.”

박사는 옷을 입은 채 그대로 풀장으로 뛰어들었다.

“봤지? 나를 잡아먹지 않잖아. 그러니까 당신도 먹지 않아. 정말 안전하다구.”

“고무든 유리 섬유든 정말 무서워서 죽겠다구요. 어머나, 서둘러요! 가게 문 닫기 전에 시의회 바비

큐 파티 음식을 사야 해요! 빨리 나와요."

부인이 시계를 보더니 소리쳤다.

몇 분 뒤 트라이플 박사는 옷을 갈아입고 부인과
함께 가게로 향했다. 두 명 모두 완전히 집 밖으로
나간 것을 확인하고 난 뒤, 셸비는 수풀 속에서 살
금살금 기어나와 카탈로그를 집어들었다. 풀장 안
에서 수영과 다이빙을 즐기며 웃고 있는 사람들의
사진이 여러 장 있었다.

"이건 고문이야. 이렇게 덥고 모든 게 다 귀찮은
데, 더위를 식힐 곳이라고는 저 상어가 있는 풀장밖
에 없다니! 나도 이 사람들처럼 웃고 싶어. 하지만
물 속에 발을 담갔다가 저 거대한 괴물이 덥석 물기
라도 하면 어떻게 하지? 사람 발은 알아봐도, 내 발
은 못 알아볼 거야. 털 많은 커다란 나뭇잎으로 생
각하고 콱 물어 버릴지도 몰라."

하지만 셸비는 결국 까치발을 하고 풀장의 가장자
리로 갔다. 그리고 용기를 내어 물 속에 뒷발 하나

를 담갔다. 아무 일도 일어나지 않자 다른 한 쪽 발
도 집어넣었고, 곧이어 머리도 집어넣었다. 풀장 바
닥에 나뭇잎 잡는 기계가 어른거리는 것이 보였다.

"조스의 눈이 개도 알아보나 봐. 내가 나뭇잎이
아니라는 걸 아는 거라구."

셀비는 커다란 쿠션을 가져와 풀장 가장자리에 놓
았다. 그리고 쿠션에 누운 채 발을 물에 담갔다.

"우리 나라에서, 아니 전 세계에서 유일하게 수영
을 못하는 개가 바로 나라는 것도 나의 운명이지."

셀비는 부인의 밀짚모자와 선글라스를 가져와 썼
다. 코 끝에는 선크림까지 듬뿍 발랐다.

"와우! 바닷가에 있는 것보다 더 좋은걸."

셀비는 누워서 카탈로그를 보았다. 그런데 그 때,
잠시 흔들바람이 부는가 싶더니, 나뭇잎 하나가 셀
비의 발 옆에 떨어졌다. 그러자 갑자기 거대한 조스
의 그림자가 물 속에서 올라왔다. 조스는 물결을 가
르며 쏜살같이 물 위로 솟구쳤다.

"안 돼!"

셀비는 발을 재빨리 빼 내며 소리쳤다.

조스는 원을 그리며 물 위로 올라와 그 나뭇잎을 물고 다시 바닥으로 풍덩 들어가 버렸다. 여기까지는 별 일이 아니었다. 그 때 생긴 거대한 물결이 화산같이 솟구쳐 올라 셀비를 덮친 뒤 물 속으로 빠뜨리지만 않았더라면 말이다.

"도와줘!"

셀비는 풀장 밖을 향해 허우적거리며 소리쳤다.

"여기서 꺼내 줘! 나는 수영을 못한단 말이야!"

하지만 셀비가 무엇인가 잡기도 전에, 바람이 불어와 또 하나의 나뭇잎이, 그리고 또 하나, 마지막으로 또 하나의 나뭇잎이 셀비 곁으로 떨어졌다. 조스는 계속해서 물 위로 솟아올랐고, 일렁이는 물결 속에서 셀비는 이리저리 휩쓸려 다녔다.

셀비는 헐떡이며 말했다.

"그만 해! 이 가짜 물고기야! 이러다가 정말 물에 빠져 죽겠어!"

셀비가 허우적거리고 있을 때, 조스는 마지막 나

뭇잎을 입에 단단히 물고 물 속으로 들어갔다.

"내가 물 위에 단 2초만이라도 떠 있을 수만 있다면…… 내가 계속 허우적거릴 수만 있다면…… 꿀꺽! 풀장 가장자리로 갈 수 있을 텐데!"

셀비는 허우적대며 천천히 풀장 가장자리로 가고 있었다. 앞발로 물을 계속 때려서 사방으로 물이 튀고 있었다. 셀비는 헐떡헐떡거리고, 헥헥거렸다. 숨을 쉬기 위해서는 물 속에 떨구고 있던 머리를 물 밖으로 높이 치켜들어야 했다. 셀비는 천천히, 아주 천천히 풀장 가장자리까지 거의 다 도착했다.

"내가 만약…… 헐떡! 아니 내 발이 만약…… 헐떡! 풀장 가장자리에 닿기만 한다면……."

셀비는 계속해서 헐떡거렸다. 셀비가 앞발을 간신히 풀장 가장자리에 걸치고 물 밖으로 나가려는 순간, 갑자기 또 하나의 나뭇잎이 셀비를 향해 펄럭거리며 날아오는 것이 보였다.

"아, 안 돼!"

셀비는 풀장 가장자리로부터 멀어지며 소리쳤다.

"저게 물에 닿는 순간, 분명히 저 멍청한 가짜 물고기가 나를 익사시키고 말 거야! 저 나뭇잎이 물 위로 떨어지지 못하게 막아야 해!"

셀비는 숨을 크게 들이마시고는 나뭇잎을 힘껏 불어서 공중으로 날렸다. 그리고 나뭇잎이 다시 내려오는 순간, 또다시 불어 올렸다. 계속 그러는 동안 나뭇잎은 셀비의 머리 위를 날아다녔다.

"평생 이렇게 불고 있을 수는 없잖아! ……벌써 어지러워. 정신이 희미해지고 있어."

나뭇잎은 계속해서 앞으로 뒤로 옆으로 흔들흔들 펄럭이고 있었다. 그러다가 셀비가 부는 힘이 약해진 틈을 타 아래로 떨어지더니 선크림 바른 셀비의 코 위에 내려앉았다.

"됐어! 코에 붙어서 정말 다행이야. 이제 조스가 쫓아올 일은 없겠지? 아싸!"

하지만 기뻐하기엔 일렀다. 셀비가 '아싸!' 하고 말하는 순간 셀비의 콧바람에 날려 나뭇잎이 물 위로 떨어져 버린 것이다.

"아, 안 돼!"

아니나 다를까, 곧바로 조스가 나타났다. 나뭇잎을 향해 돌진하던 조스는 셀비를 냅다 쳐올렸다.

셀비가 정신을 차렸을 때는, 공중을 날아올라 풀장 옆 잔디밭에 떨어진 뒤였다. 바로 그 때 집에 돌아온 트라이플 부인이 뛰어와 셀비를 얼른 안아 올

렸다.

부인은 소리질렀다.

"여보, 방금 봤어요? 당신의 조슨지 뭔지 하는 게 셀비를 구해 줬어요! 풀장에 빠진 셀비를 조스가 밖으로 밀쳐 내서 구했다구요. 나뭇잎만 물어 가는 줄 알았더니, 애완동물이 익사하지 않도록 구해 주기까지 하네요. 정말 엄청난 발명품이에요!"

"조스가 쓸모 있을 거라고 내가 말했잖아. 때론 내 발명품이 날 놀라게 한단 말이야!"

박사가 자랑스럽게 말했다.

하지만 셀비는 콜록거리면서 삼킨 물을 연신 뱉어 내며 생각했다.

'내가 강아지라서 얼마나 다행인지 몰라. **강**심장으로 **아**직 살아남은 **지**독하게 행복한 개 말이야……'

9. 향수 도둑을 잡아라!

모든 일은 셀비가 『사립 탐정이 되는 길』이라는 책에서, '개의 후각을 이용해서 단서를 찾는 방법'을 소개한 부분을 읽던 날에 생겼다.

셀비는 집 안 여기저기를 킁킁거리며 생각했다.

'나처럼 냄새를 잘 못 맡는 개는 소용이 없어. 장미꽃이 잔뜩 놓인 방에서 썩은 생선도 못 찾아 낼 정도니. 그리고 이 놈의 먼지들 때문에 난 늘 다리 넷 달린 청소기가 된 기분이야! 에에에에츄우!'

그 날 저녁 트라이플 박사 부부는 피에르 향수 회

사의 대표인 유명한 향수 제조업자 피에르로부터 파티 초대장을 받았다. 새로 내놓은, 엄청나게 비싼 향수의 진수식*이라고 했다.

"향수도 진수식을 하는 줄은 몰랐네."

박사가 말했다.

"새로 나온 향수를 모든 사람들한테 알리는 큰 파티예요. 이 파티를 위해서 극장까지 빌렸다네요. 향수 이름이 '침착'이래요."

부인이 설명했다.

"침착? 참 이상한 이름이군. 왜 '아침의 장미'나 '저녁의 수선화'처럼 향기 나는 이름으로 안 지었지?"

"그리고 보니 요즘 향수들은 이름이 참 재밌어요. '탐색'이라든지, '반응', 그리고 '번개' 같은 것도 있어요. 향수 이름이 향기와는 그다지 관련이 없다니까요."

---

* 새로 만든 배를 처음으로 물에 띄울 때 하는 의식.

"정말 바보 같은 짓인 것 같아. 사람들이 좀더 필요한 일에 돈을 썼으면 좋겠어."

"그냥 재미있으라고 붙인 거겠죠. 난 파티가 무척 기대되는걸요!"

"뭐, 향수를 만드는 게 그렇게 어렵나? 나도 아름다운 향기를 내는 향수를 단번에 만들어 낼 자신이 있다구!"

"그렇게 쉽지는 않을걸요?"

"두고 봐."

박사가 작업실로 들어가며 말했다.

'향수……? 이해를 못 하겠어. 왜 사람들은 원래 자기 냄새를 싫어하는 거지? 왜 다른 냄새를 내기 위해 그렇게 많은 돈을 낭비하는지 모르겠어. 나는 개니까 개 냄새가 나는 게 당연하지! 그게 뭐 잘못됐어?'

셀비는 생각했다.

그 뒤 며칠 동안 박사의 작업실은 세상에서 가장

역겨운 냄새를 풍겼다. 그리고 드디어 박사는 미소를 지으며 3개의 작은 병을 들고 나타났다.

"짜잔! 트라이플 회사에서는 이번에 여러분께 '냄새에서 향기까지'라는 새로운 개념의 향수를 자신 있게 소개합니다."

박사는 노래를 부르듯 말했다.

"새로운 개념의? 그게 무슨 뜻이죠?"

부인이 매우 수상한 듯 물었다.

"보통 향수들은 대개 그냥 좋은 향기를 내지. 장미, 재스민, 아니면 국화 향기 같은 것들."

"그럼 당신이 만든 향수는 어떤 향이 나죠?"

"이 '냄새에서 향기까지'는 어떤 한 가지 냄새만 내는 게 아냐. 이 향수는 어떤 장소를 떠올리게 하지. 열대 섬이나 산 꼭대기나 강가 같은 곳 말이야. 단순히 냄새를 감추는 향수가 아니란 말이야."

"열대 섬의 냄새라구요? 냄새만으로 열대 섬인지 아닌지 알 수 있을까요?"

"이건 여러 향이 함께 섞여 있어. 지독한 냄새가

있는가 하면, 향기로운 냄새도 있잖아? 그것들을 알
맞은 양으로 섞으면 멋진 일이 일어나지. 한번 맡아
보겠어?"

"당신 지금 향수 얘기 하는 거 맞아요?"

부인은 웃으며 말했다.

"웃기다 이거지? 자, 일단 냄새를 맡아 보라구!"

박사는 병 하나를 내밀며 말했다.

부인은 킁킁 냄새를 맡더니 환하게 미소를 지었다.

"음……. 정말 흥미롭네요. 뭔가 떠올라요."

"뭐가 떠올라?"

박사가 부인을 간절히 바라보았다.

"강물에서 뗏목 타던 일이요."

"그렇지? 강물 냄새 맞지? 이 향수의 이름은 '강
물'이야. 어때?"

셀비도 살며시 부인 옆으로 다가가 슬쩍 냄새를
맡았다.

'와! 진짜네! 사나운 강과 수풀이 떠올라. 박사님
은 정말 천재야.'

"이것도 한번 맡아 봐."

부인은 박사가 건네는 두 번째 향수를 팔목에 한 방울 뿌린 다음 맡아 보았다.

"사막! 건조한 바람이 불어요. 붉은 바위들과 그 사이로 자란 풀들, 그리고 수많은 모래……."

부인이 말했다.

'아줌마 말이 맞아. 나도 그런 것들이 생각나.'

"맞아. 이 향수의 이름은 '모래'야. 자, 이것도 맡아 봐."

박사가 말했다.

"열대 섬이 떠올라요. 난 이게 제일 좋아요."

부인이 말했다.

"그 향수의 이름은 '파도'야."

박사가 자랑스럽게 말했다.

셀비는 병 가까이 코를 대고 숨을 크게 들이쉬며 눈을 감았다.

'마치 요트 위에 누워 있는 기분이야. 야자나무로 덮인 섬에 닻을 내리고…… 사람들이 나에게 맛있

는 음식이 가득 담긴 접시들을 가져오고 있어. 박사
님은 정말 굉장해!'

"어머, 셀비 좀 봐요. 셀비도 당신이 만든 향수들
이 좋은가 봐요. 셀비한테는 어떤 생각이 떠오를까
요?"

부인이 말했다.

"이번에는 산의 향기가 나는 향수 '나무'를 만들
어 보겠어. 그런데 말야, 오늘 파티에 '파도'를 가져
가 볼까 봐. 피에르 향수 회사 사람들에게 보여 줘야
겠어. 내 향수를 사고 싶어할 수도 있잖아."

그 날 저녁 트라이플 박사 부부와 셀비는 보거스
마을의 유일한 극장인 비주 극장 입구에서 피에르
를 만났다. 수백 명의 마을 사람들이 모여드는 것을
바라보며 피에르가 인사를 건넸다.

"안녕하세요? 이 아름다운 보거스 마을의 시장님
맞으시죠?"

"네, 그렇습니다. 이쪽은 제 남편 트라이플 박사

예요. 그런데 남편이 보여 드릴 게 있대요. 새로운 개념의 향수예요."

부인이 말했다.

"보거스 마을에도 향수 만드는 분이 있다는 거예요? 믿을 수 없어요!"

"전 그냥 아마추어예요. 취미 삼아 만드는 거죠."

박사가 말했다.

"정말 흥미롭습니다. 하지만 지금 말고 나중에 보여 주세요. 그리고 개는 입장이 안 됩니다."

피에르가 얼굴이 굳은 채로 말했다.

"셸비는 얌전하게 있을 거예요."

부인이 말하자 피에르는 손가락으로 코를 쥐고 말했다.

"냄새 때문에 그래요. 조그만 개들은…… 조그만 개 냄새가 나거든요. 다른 분들의 코를 혼란스럽게 만들 거예요."

'코를 혼란스럽게 한다구? 개한테 개 냄새가 나는 게 당연하지! 도대체, 향수 냄새나 풍기고 여자처럼

간들거리는 저 남자는 나한테서 무슨 냄새가 나기를 바라는 거야? 타조 냄새라도 났으면 좋겠나 보지?'

셀비는 생각했다.

"셀비야, 미안하지만 넌 여기 있어야겠구나."

부인은 셀비를 쓰다듬었다. 그리고 박사와 함께 극장 안으로 들어가 버렸다.

'맙소사! 나를 왜 데리고 온 거야? 책도 못 읽고 텔레비전도 못 보잖아. 으, 그냥 여기 이렇게 있을 수는 없어!'

모든 사람들이 자리에 앉자, 음악이 연주되고 조명이 어두워졌다. 셀비는 살금살금 극장 안으로 기어 들어갔다.

'이렇게 뒤에 있으면 아무도 모를 거야. 나도 다른 사람들처럼 쇼를 봐야지.'

그 뒤 30분 동안 아름답게 치장한 모델이 한 명씩 무대 가운데로 걸어와 두 바퀴를 돌고 들어갔다. 모델이 나올 때마다 피에르 향수 회사의 직원이 각기

다른 향수를 공중에 뿌렸다. 그 때마다 피에르는 마이크에 대고 천천히, 그리고 낮은 목소리로 그 향수들의 이름을 외쳤다.

"긴장!"

"그림자!"

"우울!"

"흥분!"

드디어 기다리던 순간이 다가왔다. 갑자기 극장이 완전히 깜깜해지면서, 북소리가 둥둥 울려 퍼졌다. 공중에 새로운 향수가 뿌려지자 관중들 사이에서 흥분의 속삭임이 퍼져 나갔다. 그리고 조명이 무대 가운데 서 있는 피에르를 환하게 비췄다.

"자, 기다리고 기다리던 시간이 왔습니다! 여러분께 자랑스럽게 소개하는 향수 '침착' 입니다!"

셀비는 킁킁거리며 생각했다.

'침착 좋아하시네! 꼭 비료 냄새 같은걸? 박사님의 향수 '파도' 가 피에르의 향수보다 훨씬 낫잖아! 이건 완전 사기야.'

박수 소리가 멈추자 피에르가 소리쳤다.

"신사 숙녀 여러분! 오늘 딱 하루만 '침착'을 다시는 있을 수 없는 특별 가격, 말도 안 되는 가격인 99달러에 모시겠습니다."

'99달러? 말도 안 돼! 웃기는 소리야. 이 냄새 나는 조그만 병 하나에 그렇게 많은 돈을? 이건 완전 바가지야. 피에르라는 사람, 정말 화나게 하는데?'

이런 생각이 셀비의 머리를 떠나기도 전에, 몇몇 사람들이 무대 위로 뛰어 올라가 향수를 사기 시작했다.

'안 되겠어! 그 멍청한 것 사지 말아요, 돈 낭비라구요, 하고 소리칠까 보다. 이건 정말 내 비밀을 털어놓아도 괜찮을 만큼 가치가 있는 일이라구! 음…… 그래, 그래! 알았어. 좋은 생각이 났어!'

셀비는 의자 밑을 기어서 박사의 의자 밑까지 갔다. 그리고 아주 천천히, 박사가 눈치채지 못하게 주머니를 뒤져 '파도'를 입에 물었다. 잠시 후 셀비는 극장 뒤에 있는 책상 위에 그 향수 병을 놓고 뚜껑을 열었다.

"이제 내가 해야 할 일은, 이 책상을 에어컨 앞에 갖다 놓는 거야. 사람들에게 정말 좋은 냄새를 퍼뜨려 주겠어!"

셀비가 책상을 밀면서 말했다. 셀비가 문 밖으로 나왔을 때, 극장 안에는 열대 섬의 냄새가 가득 퍼졌다. 갑자기 여기저기서 "오!" "아!" 하는 소리가 새어 나오기 시작했다.

"이 멋진 향기는 뭐지?"

누군가 소리쳤다.

"바닷바람과 산호초가 생각나."

또다른 사람이 소리쳤다.

"마치 휴가를 온 기분이야."

또다른 사람이었다.

"이 향수에 비하면 '침착'은 아무것도 아니군요. 이건 어디서 살 수 있죠?"

한 여자가 말했다.

박사는 병을 찾으려고 주머니를 뒤졌다. 피에르의

직원은 곧 '파도'를 찾아 뚜껑을 덮었다.

"이 향수는 누구 것이죠?"

피에르가 물었다.

"정말 죄송합니다. 제 것 같군요."

박사가 말했다.

"당신 거라구요? 아니, 왜 남의 파티를 망치려는 거예요?"

피에르가 말했다.

"내, 내가 안 했어요. 내 향수가 왜 거기 있는지 모르겠어요. 정말 내가 그런 게 아니라구요."

박사가 말했다.

셀비는 사람들이 박사 주위에 모여든 것을 보고 소리 없이 웃었다.

"이 아름다운 향수를 어디 가면 살 수 있죠?"

사람들이 물었다.

"그 병에 있던 게 다예요. 하지만 더 만들 수 있죠. 만드는 건 어렵지 않거든요."

박사가 말했다.

그 때 갑자기 피에르가 소리쳤다.

"여기서 모두 나가! 이 예의도 모르는 사람들 같으니! 정말 꼴불견이군. 촌뜨기들이 뭘 알겠어? 시간만 허비했다구. 당장 다 나가!"

사람들은 모두 극장에서 나갔다. 극장을 나서려던 트라이플 박사 부부는 얼굴을 구긴 채 문가에 서 있는 피에르를 보았다.

"정말로 죄송합니다. 어떻게 된 일인지……."

부인이 말했다.

"한 가지만 말해 두죠. 이 망할 마을에 다시는 오지 않을 겁니다."

피에르가 말했다.

"이해합니다."

박사가 정중하게 말하더니 덧붙였다.

"아, 그런데, 제 향수를 돌려받을 수 있을까요?"

"나도 어디 있는지 모르겠어요."

피에르가 말했다.

"당신 직원이 갖고 있었잖아요."

부인이 말했다.

"귀신이 곡할 노릇이군요. 뭐, 쓰레기통에 던져 버렸나 보죠."

피에르가 실크 손수건에 코를 풀면서 말했다.

"상관 없어요. 더 만들 수 있으니까요."

박사가 말했다.

'저 남자는 거짓말을 하고 있어. 저 남자들 중 하나가 박사님의 향수를 갖고 있는 게 분명해. 저들이 박사님의 향수를 훔친 거라구! 이제 그걸 실험실로 가져가서 어떻게 만드는지 알아 내겠지? 그리고 피에르는 그걸로 엄청난 돈을 벌어들일 거야. 이런! 이건 다 내 탓이야.'

셀비는 생각했다.

바로 그 때 셀비는 어디선가 희미한 '파도' 냄새를 맡을 수 있었다. 잠시 동안 셀비는 열대 섬 바닷가에 누워 있었다. 셀비는 공상 속에서, 온몸을 펴고 야자나무와 코코넛을 올려다보았다.

'코코넛이나 한 입 먹었으면 정말 좋겠네! 나무

위로 올라가 코코넛을 따야겠어.'

셸비는 야자나무를 반쯤 타고 올라갔다. 그런데 그만 셸비는 코코넛과 함께 땅 위로 떨어지고 말았다.

셸비는 깜짝 놀라 정신을 차렸다.

"이 망할 놈의 개 좀 떼어 줘요! 날 죽이려 해요!"

셸비가 눈을 뜨고 보니 피에르가 밑에 깔려 있었다.

“어머나, 셀비야! 이리 와, 어서! 왜 그러니?”

부인이 셀비의 개목걸이를 붙잡고 떼어 내려고 하는 순간, 피에르의 주머니에서 박사의 향수 병이 굴러 나왔다.

‘내가 의심했던 대로야. 이 악당이 훔친 거라구!’

셀비는 생각했다.

박사가 병을 집어 올리며 말했다.

“여기 있네요. 제 향수를 찾았어요. ……이리 오렴, 셀비야! 네가 사건을 해결했구나.”

‘내가 해냈어! 그러고 보니, 내가 그렇게 냄새를 못 맡는 개는 아닌가 봐.’

10. 우표 도둑을 잡아라!

"빨리 이리 와서 이것 좀 봐요!"

트라이플 부인이 소리치자 트라이플 박사가 곧 서재에서 뛰어나왔다. 셀비도 박사를 뒤따라 나왔다.

"무슨 일이야?"

"굉장한 걸 발견했어요!"

부인이 낡은 엽서 하나를 들고 말했다.

"캐나다에 관한 책을 보다가 발견했어요. 당신의 할아버지의 할아버지의 할아버지가 당신 할머니의 할머니의 할머니와 결혼하기 전에 쓰신 것 같아요."

박사는 엽서를 들고 읽기 시작했다.

사랑하는 마틸다에게

날씨가 여기 있군.
당신이 아름다웠으면 좋겠어.
하하! 재미있는 농담이지?
곧 다시 만날 때까지 안녕!

1857년 9월 15일
프레드가

박사는 내용을 잘 이해하지 못한 듯 엽서를 한참이나 들여다보더니 입을 열었다.
"굉장히 흥미롭군! 그런데 세상에서 가장 진부하고 낡아빠진 농담이야. '날씨가 아름답군. 당신이 여기 있었으면 좋겠어.'라고 써야 될 걸 '날씨가 여기 있군. 당신이 아름다웠으면 좋겠어.'라고 썼어.

당신은 무슨 뜻인지 알았어?”

부인은 한숨을 쉬며 대답했다.

“당연하죠. 우리 결혼하기 전에, 당신도 엽서에 그런 농담을 써 보냈잖아요.”

“내가?”

“기억 안 나요?”

“생각해 보니 그랬군.”

박사가 킥킥거리며 말했다.

“정말 재미 없었어요. 그리고 지금도요.”

“하지만 그 때는 재미있다고 했었잖아.”

“예의상 한 말이었죠. 근데 내가 이 엽서를 보여 준 것은 그 내용 때문이 아니라 우표 때문이에요.”

박사는 우표를 쳐다보았다.

“음…… 삼각형 위에 오리가 날아가고 있네. 그리고 ‘뉴펀들랜드, 2펜스*’라고 쓰여 있군. 희한한 우표야. 꽤 비싸겠는걸?”

---

* 영국의 화폐 단위.

"꽤가 아니라 엄청이에요. 오리들이 거꾸로 인쇄
됐잖아요. 실수로 잘못 만들어진 옛 우표는 정말 희
귀해서 엄청 값이 나간다고 들었어요. 우표 전문가
한테 가서 이 우표가 얼마나 가치가 있는지 알아보
자구요."

"진부한 옛 농담 얘기가 나오니 내 친구 개리가
생각나는군. 왜, 개그맨 친구 있잖아. 우표에 대해
서는 개리가 좀 알거든. 마침 내일 밤 우리 마을에
서 개리의 개그 쇼가 열리는데……. 쇼가 끝나면 우
리 집에 초대해서 이 우표가 얼마나 가치가 있는지
물어보자구!"

"좋은 생각이에요."

그 날 밤 트라이플 박사 부부가 완전히 잠든 뒤,
셀비는 슬그머니 서재로 들어가 우표를 보았다.

'정말 멋진 발견이야! 박사님이랑 아줌마는 이걸
팔까? 나 같으면 빨리 팔아 버릴 텐데! 엄청난 돈이
생길 거야. 아싸! 멋진 휴가를 보낼 수 있겠어!"

바로 그 다음 날 보거스 마을 전체에 그 희귀 우표에 대한 소문이 퍼졌다. 곧 신문사와 방송국에서 트라이플 박사 부부를 인터뷰하고 그 엽서의 사진을 찍기 위해 모여들었다.

"우리 집에 값진 물건이 있다는 걸 사람들이 알게 되다니, 정말 싫어. 집에 도둑이 들 수도 있잖아. 값이 얼마나 나가는지 아직 모르니 보험에 들 수도 없고…… 며칠 동안이라도 비밀로 해 두는 게 좋을 뻔했어."

박사의 말에 부인이 대꾸했다.

"너무 걱정하지 말아요. 내일 은행 금고에 넣죠, 뭐. 그 때까지 이 책 속에 두면 괜찮을 거예요."

그 날 저녁, 트라이플 박사 부부는 개리의 개그 쇼를 보러 가고, 셀비만 집에 남게 되었다.

'처음에는 희귀 우표 사건이 정말 재미있었는데…… 지금은 으스스한걸. 박사님이랑 아줌마가 올 때까지 제발 아무 일 없어야 할 텐데.'

셀비의 머릿속에 이런 생각이 스치자마자 '쩽그

랑’ 유리 깨지는 소리가 들렸다.

‘무슨 소리야? 도둑인가?’

정말 도둑일 수도 있었다. 그리고 사실 도둑이었
다. 곧 검정색 마스크를 쓴 두 남자가 서재로 들어
왔다. 셀비는 구석에 숨어서 그들을 지켜보았다.

“여기 맞아?”

한 도둑이 다른 도둑한테 말했다.

“응. 여기가 맞아.”

“좋아. 그럼 그 우표를 찾아보자구!”

도둑들이 책장을 마구 뒤지는 소리가 들렸다.

“찾았다! 우린 이제 부자야! 자, 빨리 나가자!”

‘이러다 우표를 도둑맞겠어. 가만 있을 수 없지!’

셀비는 생각했다. 그 때 마침 셀비에게 한 신문 기
사가 떠올랐다.

‘그래, 가장 효과적인 도둑 경보는 목소리를 녹음
한 거였어. 경보기에서 소리가 나면 도둑들은 사람
들이 돌아온 줄 알고 도망가 버리지.’

도둑들이 창문으로 빠져나가려고 돌아섰을 때,

셀비는 머릿속에 생각나는 말을 크게 외쳤다.

"경찰이다! 거기 둘, 방에서 나와! 손 들어!"

"경찰이야!"

첫 번째 도둑이 속삭였다.

"그럴 리가 없어!"

두 번째 도둑이 속삭였다.

"아, 알았어요! 쏘지 마세요! 항복합니다!"

첫 번째 도둑이 소리쳤다.

손을 머리 위로 올리고, 도둑들은 천천히 거실로 나왔다. 한 명이 엽서를 들고 있었다.

'엇! 잘못했다. 엽서를 두고 나오라고 했어야지! 난 몰라.'

셀비는 생각했다.

도둑들은 주위를 살펴보았다. 그러더니 첫 번째 도둑이 손을 내리고 웃기 시작했다. 그 도둑은 셀비에게 다가와 머리를 쓰다듬어 주었다.

"뭐가 그렇게 웃겨?"

"이 바보야. 여기엔 이 개밖에 없잖아."

“그렇다면 경찰들은 어디 있지?”

“경찰 따윈 없어. 아까 그건 멍청한 도둑 경보기일 뿐이야. 누군지 참 바보 같군. ‘경찰을 부르기 전에 당장 나와!’ 라고 했으면 더 좋았을걸.”

갑자기 셀비에게 신문 기사에서 읽은 또다른 내용이 떠올랐다.

‘가장 좋은 도둑 경보기는 바로 개야. 바로 나란 말이야! 내가 바로 도둑 경보기라구! 짖고 으르렁거리고 물고…… 하여간 다른 개들처럼 굴어야 해! 근데 잠깐만! 만약 내가 그런 짓을 했다가는 도둑들이 우표를 들고 튈지 몰라. 저 사람들이 우표를 찾기 전에 해야 했는데……’

하지만 셀비는 곧 엽서를 들고 있는 도둑이 자신의 머리를 쓰다듬고 있고, 엽서가 바로 자기 코앞에 있다는 것을 깨달았다. 셀비는 천천히 아무도 몰래 혀를 내밀어 우표를 건드렸다. 그리고 우표에 침을 바른 뒤 이빨로 물고, 살짝 잡아서 세게 휙 잡아당겼다. 드디어 우표는 입 속으로 미끄러져 들어왔고

셀비는 우표를 혀 밑에 안전하게 숨겼다.

"저 개한테 우표가 있어! 잡아!"

첫 번째 도둑이 말했다.

셀비는 돌아서서 자신도 무섭게 느껴질 만큼 으르
렁거리며 컹컹 마구 짖었다.

"저 개가 우리를 죽이려고 해! 빨리 나가자!"

두 번째 도둑이 말하자, 두 남자는 다시 서재로 뛰
어 들어가 창문 밖으로 튀어나갔다. 그 때 셀비는
그들의 바지를 물어뜯었다.

도둑들이 보이지 않자 셀비는 킥킥 웃었다.

"이거 짱 재밌는데! 이제 내가 해야 할 일은 우표를 다시 엽서에다 붙이고 책들을 다시 책장에 꽂아 놓는 거야. 창문이 깨지긴 했지만, 그래도 우표는 무사하니까 괜찮을 거야."

셀비는 입을 벌려 우표를 뱉어 내려 했지만 아무것도 나오지 않았다. 셀비는 혀를 움직이고 또 움직이면서 우표를 찾았다. 거울 앞에서 입을 벌리고 들여다보기도 했다.

"없어졌어! 으르렁거리고 짖다가 우표를 삼켜 버렸나 봐. 뱃속에서 녹아서 없어져 버렸을 거야. 어휴! 어휴! 왜 하필이면 동전이 아니라 우표였을까? 동전이라면 다시 나오기라도 할 텐데."

밤이 되자 트라이플 박사 부부가 개리와 함께 집으로 돌아왔다. 개리는 오자마자 셀비에게 다가와 머리를 쓰다듬어 주었다.

트라이플 박사 부부는 깨진 유리창과 우표가 떼어진 채 바닥에 떨어져 있는 엽서를 발견했다.

"앗! 우표가 없어졌어요. 가지고 갈걸!"

트라이플 부인이 소리쳤다.

"진정하세요. 내가 두 사람한테 들은 걸 종합해 보면, 그 우표는 전혀 가치가 없어요. 수없이 찍어 낸 우표 중 하나일 뿐이라구요."

"하지만 오리가 거꾸로 찍혀 있었다구."

박사가 설명했다.

"그 우표는 모든 우표가, 아니 거의 모든 우표가 거꾸로 인쇄됐어. 그래서 그 우표는 제대로 찍힌 것이 가치가 크다구! 전 세계에 단 세 장만 남아 있지."

"그래? 정말 반가운 애기군! 도둑들 실망이 대단하겠어."

박사가 말했다.

개리는 엽서를 읽더니 마구 웃기 시작했다.

"이것 좀 봐! '날씨가 여기 있군. 당신이 아름다웠으면 좋겠어.'라고 썼잖아? 정말 멋진 농담이야!"

"처음 들어요? 세상에서 가장 오래된 농담인데!"

부인이 눈살을 찌푸리며 말했다.

"물론 들어 봤죠. 하지만 이 엽서는 1857년에 쓰여

진 거잖아요. 이 농담을 쓴 최초의 엽서가 아닐까요? 트라이플, 자네 할아버지의 할아버지의 할아버지께서 이 농담을 최초로 만들었는지도 몰라. 갈람본에 있는 국제 농담 도서관에 이 엽서를 추천해야겠어. 소장할 가치가 있을 것 같아."

"좋은 생각이야. 이 엽서를 비싸게 쳐 줄까?"

박사가 물었다.

"그렇지는 않을 거야. 하지만 괜찮은 도둑 경보기를 살 수 있을 만큼은 줄걸?"

"도둑 경보기? 좋은 생각이에요."

부인이 말했다.

'도둑 경보기인지 도둑 깔보기인지……'

셀비는 이빨에 낀 바지 조각을 빼 내며 생각했다.

'이렇게 훌륭한 도둑 경보기를 가지고 있으면서도 그걸 모르시네. 짖고, 물고, 게다가 생각도 할 수 있는 도둑 경보기! 바로 이 셀비 말이야!'

11. 벨라의 사건 25시

'여태까지 내가 본 개 중에서 가장 아름다워. 벨라만 보면 가슴이 두근두근 뛴다니까! 비록 만화지만 말이야.'

셸비는 트라이플 박사 부부와 함께 텔레비전 앞에 앉아, 일 주일에 한 번 하는 만화영화 〈벨라의 사건 25시〉를 보며 생각했다.

벨라가 특별 기동 경찰 부대원들 앞에 서서 명령을 하고 있을 때였다. 갑자기 현관에서 노크 소리가 나는 바람에 모두 텔레비전에서 눈을 떼야 했다.

“누굴까요?”

부인이 말했다.

“처제겠지, 뭐. 내가 열게.”

박사가 대답했다.

'안 되는데⋯⋯. 제티가 우리 집에 오는 것만 해도 괴로운데, 왜 하필 내가 제일 좋아하는 걸 보고 있을 때 오는 거야?'

셀비는 그런 생각을 하면서 벨라가 범인의 은신처를 급습할 계획을 세우는 장면을 지켜보았다.

“조심하세요. 이번 일은 위험해요. 하지만 내가 하라는 대로만 하면 안전할 거예요. 알겠죠?”

벨라가 대원들에게 말했다.

“네!”

모든 대원들이 소리쳤다. 그러더니 모두들 경찰차에 올라타고 부르릉 가 버렸다.

셀비는 제티가 트라이플 박사를 따라 방으로 들어오는 모습을 보았다.

“지금 무슨 바보 같은 프로그램을 보고 있는 거예

요? 만화영화잖아요?”

제티가 물었다.

“그래도 좋은 프로야. 꽤 진지한 만화란다.”

부인이 말했다.

“진지하다구요? 주인공이 다 개들인데요?”

제티가 따지자 박사가 설명했다.

“하지만 사람이랑 다를 바 없다구. 모두 생각할
수 있고, 마치 사람처럼 행동하지. 말도 하고, 할 건
다 해.”

“말하는 개? 푸하하! 개가 말을 하다니…….”

제티가 셸비를 쳐다보며 말했다.

"앉아서 같이 보자. 너도 아마 좋아하게 될걸?"

트라이플 부인이 말했다.

셸비는 소파 옆에 누워, 이빨을 드러내고 입술을 비틀면서 제티를 쳐다보았다.

"어머나! 이 늙은 대왕이 날 또 물진 않겠지? 정말이지 지겨운 녀석이야."

제티는 셸비를 발로 밀어 내며 앉았다.

"절대 그런 일 없을 테니, 그만 좀 해."

트라이플 부인이 말했다.

"저 개가 뭔가 이상한 행동을 하는 날엔, 창자로 내 양말을 만들어 버릴 거야. 맹세해!"

'조용히 좀 하시지, 이 바보 멍청이 해삼 말미잘! 벨라를 봐야 된단 말이야.'

셸비는 생각했다.

벨라는 대원들에게 범인의 은신처를 포위하라고 조용히 신호를 보냈다. 그들은 한 명씩 나가 오래된 건물을 둘러싸기 시작했다. 그 때 벨라의 오랜 파트

너인 프랭크가 벨라에게 말했다.

"나, 무서워. 이렇게 떨린 적이 없었어."

"하지만 이런 일을 수백 번도 넘게 해 봤잖아. 우리 계획대로만 하면 다 괜찮을 거야."

"이번엔 잘 안 될 것 같아. 예감이 좋지 않아. 들어가면 안 될 것 같아. 놈들이 알아차린 것 같다구."

벨라는 프랭크의 눈을 들여다보았다.

"프랭크, 하지만 여기서 그만둘 수는 없어."

'왜 벨라는 프랭크를 사랑한다고 말하지 않는 거지? 우린 다 아는데……. 그리고 프랭크도 벨라를 사랑하잖아. 하지만 절대로 고백하지 않을 거야.'

셸비는 생각했다.

"제발 나를 믿어 줘."

벨라가 프랭크에게 말하고 신호를 보냈다. 하지만 대원들이 들어가기도 전에 건물의 모든 창문에서 총격이 시작되었다. 대원들은 모두 걸음아 나 살려라 하고 사방으로 흩어졌다. 벨라가 뒤를 돌아보니 프랭크가 땅에 엎어져 있었다.

“프랭크! 안 돼, 프랭크!”

벨라가 소리쳤다.

다음 장면에서 벨라는 꽃다발을 들고 프랭크의 병원 침대 옆에 서 있었다. 프랭크는 의식을 잃고 누워 있었다.

“프랭크…… 프랭크…….”

벨라는 흐느꼈다. 눈물이 두 볼을 타고 흘렀다.

“나는 너 없이 살 수가 없어. 다 내 잘못이야. 명령을 내리지 말았어야 했는데…….”

벨라가 프랭크의 손을 잡으려고 손을 내밀었을 때였다. 침대 옆에 있는 기계에서 갑자기 ‘삐삐’ 소리가 나더니 길게 ‘삐—이’ 소리가 나는 것이었다.

“안 돼, 프랭크! 제발…….”

벨라가 소리치자 의사와 간호사 복장을 한 개들이 사방에서 달려와, 프랭크의 가슴을 마구 눌렀다. 의사와 간호사들이 프랭크를 살리기 위해 동분서주하는 동안, 한 간호사는 프랭크의 침대 주위에 커텐을 둘렀다. 벨라는 병원 복도에 꽃다발을 떨어뜨리고는 천천히 사라졌다.

셸비는 조그맣게 훌쩍거렸다. 트라이플 박사와 부인도 훌쩍거리고 있었다. 그런데 제티가 큰 소리로 웃으며 말했다.

"정말 바보 같아! 개 한 마리 죽는데, 왜 이리 야단이야? 정말 웃겨!"

'제발 입 좀 다물지! 저 입을 좀 막을 수 있으면 얼마나 좋을까. 완전히 분위기를 망치고 있잖아.'

셸비는 생각했다.

제티는 계속 큰 소리로 웃었다. 하지만 셸비는 온 정신을 집중해서 벨라와 함께 병원에 있다고 상상하는 중이었다.

텔레비전 화면은 갑자기 풀밭으로 변했다. 벨라는 돌에 앉아 데이지 꽃잎을 뜯고 있었다.

'벨라는 정말 아름다운 개야. 강하면서도 부드럽고 예민하지. 내 주위에는 왜 저런 개가 없지?'

셸비는 생각했다.

벨라의 눈물이 볼을 타고 흘러내리자 트라이플 부

인은 손수건에 코를 풀었다.

"벨라 대장님?"

누군가 부르는 소리에 벨라가 뒤를 돌아보자, 환자복을 입고 붕대를 감은 프랭크가 웃으며 서 있었다.

"프랭크! 살아 있었네!"

"벨라, 사랑스러운 벨라!"

프랭크가 웃으며 팔을 벌려 벨라를 안았다.

"이제 괜찮아. 나는 죽지 않을 거야."

"오, 프랭크……."

벨라는 프랭크를 더 세게 안으며 속삭였다.

"그리고 지금부터는 벨라 당신과 같이 살 거야."

프랭크의 말에 벨라는 살짝 뒷걸음질쳤다.

"그럼……?"

"맞아. 나와 결혼해 주겠어?"

"좋아. 하고말고."

셀비의 집중력이 얼마나 대단했는지, 잠시 동안 셀비는 진짜로 벨라와 키스를 하는 것만 같았다. 셀비는 자기 몸에 기대어 있는 벨라의 몸과 따뜻한 입술을 느낄 수 있었다. 셀비는 벨라를 더 꽉 안고 천천히 눈을 떴다. 그랬더니 놀라서 커다랗게 뜬 두 눈이 셀비를 쳐다보고 있는 것이었다.

'벨라……?'

하지만 그 눈은 셀비가 사랑하는 영웅의 부드러운 눈빛이 아니었다. 그 눈은 꿈에도 그리던 터프하면서도 가냘픈 눈이 아니었다. 그 눈은 오싹할 정도로 무서운, 접시만큼 큰 제티의 눈이었다.

'으악! 내가 지금 뭘 한 거야! 제티와 키스를?'

셀비는 여전히 제티와 입술을 마주 댄 채 생각했다.

제티는 셀비의 열렬한 키스에 충격을 받아 잠시 나무처럼 굳은 채 앉아 있었다. 그 사이 셀비는 서서히 입술을 제티에게서 떼어 내고 꽉 껴안았던 팔을 풀고는 소파에서 내려왔다.

"으! 더러워!"

제티가 손수건으로 입을 닦으며 소리쳤다.

트라이플 박사와 부인은 의자에서 몸을 돌려 제티를 쳐다보았다.

“왜 그래?”

트라이플 부인이 물었다.

“언젠가 저 똥강아지가 일을 저지를 줄 알았어!”

“또 물었어?”

이번에는 박사가 물었다.

“물었냐구요? 아뇨. 내 입술에 주둥이를 마구 문질렀어요. 이제 난 광견병에 걸려 죽고 말 거라구요! 어서 의사를 불러 줘요. 광견병 치료 약이 필요해요. 빨리요!”

“그냥 좋아서 핥은 것뿐이야. 셀비는 애정이 넘치는 개야. 널 좋아하나 보다, 제티!”

셀비가 뒷문의 개구멍을 통해서 마당으로 나가는 모습을 보며 트라이플 부인이 말했다.

‘좋아한다고? 이런! 말도 안 돼!’

셀비는 수풀 속에 침을 뱉으며 생각했다.

‘내 평생 그렇게 끔찍했던 순간은 없었다구! 꿈에도 그리던 여인과 키스를 하고 있었는데…… 눈을 뜨는 순간 악몽으로 바뀌다니!’

12. 범인의 발자국

"오늘 저녁은 나가서 먹는 게 낫지 않을까?"

트라이플 박사가 야채를 썰면서 말했다.

"내 연주회 잊었어요? 시간 없단 말이에요."

트라이플 부인이 말했다.

"당신 연주회? 당신이 언제부터 음악을 했어?"

"사실 내 연주회는 아니지만……. 작곡가 장고 풋이 새 곡을 발표하거든요. 연주회는 내일이고, 우린 오늘밤 리허설을 하기로 했어요."

"'우리' 라니, 정확히 누구를 말하는 거지?"

"보예협이요."

"보예협?"

"보거스 예술 협회 말이에요. 당신, 도대체 내 말은 한 귀로 듣고 한 귀로 흘려요? 이건 굉장히 큰 행사예요. 전 세계 사람들이 내일 밤 이 곳에 올 거라구요. 장고 풋이 10년 만에 대작을 발표한단 말이에요."

"장고 풋이 누구야?"

"우리 나라에서 제일 유명한 실험 음악 작곡가예요. 이 곳 출신이잖아요."

"실험 음악이라니?"

"여러 가지 소리를 음악으로 재창조하는 거예요."

"아, 장고 풋! 이제 알겠다! 콧노래도 휘파람도 아닌, '찌르릉 찌르릉' 하는 음악을 작곡하는 사람?"

"이번 작품은 '찌르릉 찌르릉'보다는 '쿵쾅 쿵쾅'에 더 가까울걸요? 〈위대한 닭소동 교향곡〉이란 곡인데, 장고 풋이 어렸을 때 경험한 일을 소재로 했대요. 닭들을 가득 싣고 가던 트럭이 뒤집혀서 닭들이 다 도망치는 이야기예요. 아주 개인적인 이야기를 음악으로 표현한 거죠."

"음, 〈위대한 닭소동 교향곡〉이라……. 흥미롭군. 그런데 왜 하필 보거스 마을에서 발표하는 거야?"

"시골 사람들이 착하니까요."

"우리가 착하다고?"

"도시에는 그를 싫어하는 사람들이 있나 봐요. 어떤 사람들은 '우―!' 하면서 꺼지라고 소리치려고 일부러 음악회에 온대요. 한번은 장고 풋이 새 곡을 발표하고 있었는데, 어떤 사람이 나타나서 글쎄 관중들에게 케첩을 뿌렸다지 뭐예요? 하지만 여기서는 절대로 그런 일은 없을 거예요."

"없길 바라야지……. 그래서 당신은 노래를 부르는 거야, 악기를 연주하는 거야?"

박사가 물었다

"주인공인 꼬마 암탉 역이에요. 꼬꼬거리며 소리지르고 노래를 하죠."

"꼬마 암탉?"

“당신도 내가 소리지르는 부분을 좋아할 거예요.
마치 급정거하는 자동차 바퀴에서 나는 날카로운
소리와 비슷하죠. 한번 들어 볼래요?”

부인이 자랑스럽게 말했다.

“아냐. 그냥 공연 때 듣는 게 더 좋을 것 같아.”

트라이플 박사는 그릇에 계란을 깨 넣으며, 닭들
이 도망치는 모습을 상상했다.

“리허설에 셀비를 데려가려구요. 산책도 시킬 겸
해서요. 셀비도 운동 부족이라니까요. 식사 준비는
다 되어 가요?”

“응. 어서 갈 준비 해, 여보.”

셀비는 소파 뒤에 누워서 트라이플 박사 부부가
하는 얘기를 들으며 생각했다.

‘〈위대한 닭소동 교향곡〉? 내 취향이 아닐지는 몰
라도 리허설은 재미있겠어!’

그 날 밤 셀비와 트라이플 부인은 빗속을 가르며
보거스 마을 시민 회관으로 갔다. 셀비는 강당 뒤쪽

에서 회색 머리칼의 장고 풋이 구부러진 차창 닦개로 보거스 예술 협회 회원들을 지휘하는 모습을 지켜보았다.

롱다리 순경은 병을 깨뜨리고, 필립은 도끼로 나무 술통을 찍고, 포스티는 망치로 욕조를 부수고 있었다. 또, 멜라니는 칠판을 긴 손톱으로 빡빡 긁으면서 괴상한 소음을 내고 있었다. 그리고 트라이플 부인을 포함한 다른 보예협 회원들은 '꼬꼬' 소리를 내며 비명을 지르고, 자동차 '빵빵' 소리와 경찰차 사이렌 소리를 내고 있었다.

'이런 게 실험 음악이라면, 내 취향은 아니군!'
셀비는 귀를 막으며 생각했다.

'하지만 구경하는 건 그런대로 재미있는걸!'
드디어 연주는 '쾅' 소리와 함께 끝이 났다.

"10분 간 휴식합시다! 다들 어땠나요?"
장고 풋이 물었다.

잠시 침묵이 흐른 뒤 필립이 말했다.

"제 소리가 이상한 것 같아요. 도끼로 술통 찍는

소리가 조금……."

"아뇨, 그 소리는 괜찮아요. 제 생각엔, 제 욕조의 선율이 안 맞는 것 같아요. 단조음을 낼 수 있는 새 욕조를 찾는 건 힘들겠지요?"

포스티가 말했다.

"손톱이 부러져서 마지막에 소리가 이상하게 났어요. 내일 연주할 때는 인조 손톱을 붙여야겠어요."

멜라니가 말했다.

"저는 다 괜찮은 것 같은데요? 옛날에 그 찌르릉대던 곡보다는 훨씬 좋아요."

롱다리 순경이 말하자 장고 풋은 한숨을 지었다.

"의견들 고마워요. 실험 음악은 정말 종잡을 수 없는 음악이에요. 어쨌든 내일 밤을 생각하니 너무 떨리네요. 비가 그쳤으니 동네 산책 좀 하고 올게요."

장고 풋이 나가자 사람들은 저마다 그의 음악에 대해 한 마디씩 했다.

"장고 풋은 트럭이 뒤집히는 소리를 정말 잘 표현

했어요. 그렇지 않아요?”

포스티였다.

“마치 바람이 많이 부는 날, 학교의 쉬는 시간 같아요. 그런 날은 아이들이 미친 듯이 날뛰거든요.”

보거스 마을 초등학교의 도서관 사서인 카밀라의 의견이었다.

“장고 풋 선생님은 아무래도 이번 곡이 만족스럽지 않은 것 같아요. 아니면 긴장을 많이 해서 그렇게 보이는 걸까요? 하긴 새로운 곡을 여러 사람들 앞에서 발표한다면, 나라도 무지 떨릴 것 같아요.”

트라이플 부인이 말했다.

셀비는 모든 이야기를 귀담아 듣고 있었다.

그 때였다. 갑자기 높은 창문을 통해 뭔가 날아와 건물 바닥에 내리꽂히는 것이었다.

“저것 좀 봐요! 종이 비행기예요! 뭔가 쓰여 있어요.”

롱다리 순경이 말했다.

“이리 줘 보세요.”

아이들 쪽지를 빼앗기 좋아하는 카밀라가 말했다.

"'내일 연주회를 취소하시오. 안 그러면 모두 무사하지 못할 것이오.'라고 쓰여 있네요. 그리고 '케첩 유령'이라고 쓰여 있어요. 무슨 뜻일까요?"

"누가 던졌는지 봅시다!"

롱다리 순경이 말했다. 그 곳에 있던 모든 사람들과 셀비는 종이 비행기가 날아온 주차장 쪽으로 달려나갔다. 하지만 아무도 없었다.

"발자국이 있어요!"

트라이플 부인이 주차장을 가로지르고 있는 진흙 발자국을 가리켰다.

"저기 사람이 보여요. 저기 보도에 서 있잖아요!"

"저 사람은 범인은 아니라 장고 풋이에요."

롱다리 순경이 말했다.

"하지만 발자국은 장고 풋을 향해 나 있는데요?"

"잘 보세요. 방향이 거꾸로 되어 있어요. 장고 풋쪽으로 나 있는 것이 아니라 우리 쪽으로 나 있죠."

"정말 그렇군요. 장고 풋 씨! 잠깐 와 보세요!"

트라이플 부인이 말했다.

"누군가가 이 쪽지를 창문으로 던졌어요!"

카밀라가 설명했다.

장고 풋은 쪽지를 받아 들고 읽더니 말했다.

"앗, 이거였군요. 어떤 남자가 시민회관 쪽으로 뛰어가 창문에 무언가를 던지는 것을 보았거든요."

"그럼 그 남자는 어디로 갔죠?"

롱다리 순경이 물었다.

"차도로 뛰어가더니, 차를 타고 가 버리더라구요. 이런! 여기 보거스 마을이라면 안전할 거라고 생각했는데⋯⋯. 아무래도 내일 연주회를 취소하는 것이 좋겠어요."

장고 풋이 말했다.

"지금 와서 취소할 수는 없어요. 이 곳에 오는 많은 사람들은 어떻게 해요?"

필립이 말했다.

"그 사람들에게 또 케첩이 뿌려지면 어떡하구요? 더 심한 일이 일어날 수도 있어요. 자칭 음악 애호

가라는 그 사람들이 어떤 짓을 벌일지는 아무도 예
측할 수 없어요. 관객들을 위험에 빠뜨릴 순 없다구
요."

  '슬픈 일이야. 10년의 노력이 모두 헛수고가 되다
니. 장고 풋은 다시는 작곡을 하지 않을 거야. 찌르
릉거리는 음악이든, 쿵쾅거리는 음악이든.'
  셀비는 트라이플 부인과 집으로 오며 생각했다.
  "셀비야, 너는 지금 무슨 일이 벌어지고 있는지
모르지?"
  부인이 말했다.
  "정말 슬픈 일이 일어났단다. 네가 단순한 개인
게 얼마나 행운이니. 이렇게 복잡한 인간 세상에 살
고 있지 않아 좋겠다."
  '단순하다고? 피……. 그 쪽지를 던진 사람이 누
군지만 알아 낼 수 있다면 좋을 텐데…….'

  그 날 밤 셀비는 잠을 이루지 못했다. 그러다가 갑

자기 『사립 탐정이 되는 길』에서 읽은 발자국에 대한 내용이 생각났다.

'진흙에 난 발자국을 좀더 자세히 살펴봤어야 했어. 만약에 신발 밑창에 흠집 자국이 있거나, 옆에 지팡이 자국이 있었다면 이야기가 달라지는데…….'

셀비는 벌떡 일어나 집을 살짝 빠져나왔다. 그리고 곧장 보거스 마을 시민회관으로 달려갔다.

셀비는 발자국을 살펴보며 말했다.

"음……. 모든 게 평범하군. 흠집도 없고, 지팡이 자국도 없어. 그냥 발자국일 뿐이야. 그런데……."

셀비는 장고 풋이 서 있던 자리의 발자국을 들여다보더니 말했다.

"장고 풋의 발자국과 비슷하게 생겼군."

셀비는 진흙에 코를 가까이 댔다.

"어, 잠깐! 이 발자국은 장고 풋의 발자국과 완전히 똑같잖아! 말도 안 돼! 장고 풋은 분명히 산책하고 있었을 텐데. 만약, 만약에…… 장고 풋이 그 시간에 산책을 하고 있지 않았다면? 어쩌면 장고 풋이 직접 쪽지를 써서 종이 비행기를 접어 날렸을지도 몰라. 그리고 뒷걸음질쳐 주차장을 빠져나간 거지."

셀비는 주차장 주위를 샅샅이 살폈다.

"어? 장고 풋이 우리 쪽으로 왔던 진흙 발자국은 있는데, 그 반대쪽으로는 발자국이 없잖아. 이제 분명해졌어! 장고 풋이 바로 그 케첩 유령이야. 종이 비행기를 던지고 뒷걸음질친 거야. 그런데 도대체 왜 자기 연주회를 취소하려는 거지?"

셀비는 집으로 돌아가서 서재의 전화기로 장고 풋이 머무는 모텔에 전화를 했다.

"장고 풋 씨, 깨워서 죄송합니다. 할 말이 좀 있어서요."

셀비가 말했다.

"괜찮아요. 아직 잠들지 않았어요."

장고 풋이 말했다.

"저는 선생님이 범인이라는 것을 알고 있습니다."

"당신은 누구죠? 그걸 어떻게 알았죠?"

"그런데 왜 그러셨죠?"

장고 풋은 길게 한숨을 쉬었다.

"그 작품이 마음에 들지 않아요. 연주회를 취소하려면 뭔가 핑계가 있어야 했어요."

"하지만 이번 작품은 아주 멋져요. 오늘 리허설 때 있었던 사람들은 모두 그 곡을 좋아했어요."

"당신은 보예협 회원인가요?"

"아뇨."

"하지만 리허설 때 있었다면서요?"

"네."

"그럼 당신이 개란 말이에요? 리허설 때는 보예협 회원들과 개 한 마리밖에 없었다구요."

"그럼 회원이 맞나 봐요. 더 이상 저에 대해 알려고 하지 마세요. 제 생각에는 내일 밤 예정대로 연주회를 여는 것이 좋겠어요."

"왜죠?"

"모든 사람들이 기대하고 있으니까요."

"……알았어요. 내일 연주회를 열도록 하죠. 고마

워요. 당신이 용기를 주었어요. 그런데 이 일은 아무에게도 말하지 말아 주세요."

"그 점은 걱정하지 마세요."

다음 날 저녁 〈위대한 닭소동 교향곡〉이 대단원의 막을 내렸을 때, 보거스 마을 시민회관은 관중들로 가득 차 있었다. 처음에 사람들은 그냥 자리에 얼떨떨하게 앉아 있었다. 하지만 곧 모두 일어서서 환호성을 지르며 박수 갈채를 보냈다.

"너무 멋져요!"

트라이플 부인이 보예협을 대표하여 장고 풋에게 꽃다발을 주며 말했다.

"정말 고마워요. 모든 사람들이 나의 새 작품을 좋아해 주다니 너무 기뻐요. 그리고 보거스 마을에서 연주를 하게 되어서 행복합니다. 이번 연주회가 저에게 자신감을 심어 주었어요. 빨리 집에 가서 새 작품을 작곡하고 싶어요. 이번엔 아주 조용한 작품을 쓸 것입니다. 〈진흙 속의 질주〉라는 교향곡이지

요. 어젯밤 제게 전화해 주신 분께 그 곡을 바치고
싶습니다."

  '히히, 그게 바로 나라구! 작은 개 셸비에게 바치
는 교향곡이라…… 멋진걸? 난 또 『사립 탐정이 되
는 길』에 빚을 졌어. 그 책이 없었다면 그 발자국의
주인이 누군지 전혀 몰랐을 거야.'

  셸비는 생각했다.

13. 사람의 목숨을 구한 셀비

"끔찍한 사고가 있었대요! 방금 뉴스에 나왔는데,
그웬 크래터가 검붓 동굴에 갇혀 버렸대요!"

트라이플 부인이 말했다.

"우리가 아는 그 그웬 크래터?"

트라이플 박사가 물었다.

"맞아요. 베링턴 크래터의 누나 말이에요."

"하지만 그 둘은 우리 나라에서 가장 훌륭한 동굴
탐험가잖아."

"그리고 가장 무모한 동굴 탐험가이기도 하죠. 그

웬이 검붓 동굴 밑에서 또다른 동굴을 찾았나 봐요. 그런데 그 동굴을 타고 내려가 깜깜 무소식이래요."

"왜 베링턴은 그웬을 뒤따라가지 않았지?"

"덩치가 커서 못 간 거예요. 몸집이 작은 그웬만 겨우 내려간 거죠. 베링턴이 줄을 내려 주려고 했지만 실패했대요. 구조대가 장비를 가지고 온다고는 했지만, 오늘 안으로 못 올 거예요."

"좁은 공간에 갇히는 건 생각만 해도 끔찍해. 그걸 뭐라고 하더라? 무슨 공포증인데……."

"폐쇄 공포증!"

"맞아, 바로 그거야."

'난 동굴 같은 거 너무 싫어. 왜 사람들은 도대체 그런 곳을 탐험하는 거지? 왜 그냥 땅 위에서 맑은 공기를 마시며 인생을 즐기지 않는 거냐구!'

셀비는 생각했다.

"게다가 동굴 속에 물이 점점 차오르고 있대요. 빨리 구하지 않으면 그웬은 익사하고 말 거예요."

부인의 말에 셀비는 깜짝 놀랐다.

'익사? 저런! 물이 차오르는 동굴 속에 갇히다니, 생각만 해도 심장이 벌렁거려…….'

"좋은 생각이 났어. 그웬을 구할 수 있는 물건이 있어. 빨리 차에 타!"

박사가 작업실로 뛰어가며 말했다.

20분 후 트라이플 박사 부부가 검붓 동굴에 도착했을 때, 거기에는 베링턴이 기자들과 함께 있었다.

"내게 고성능 구조 장비가 있어요. 우리를 그 동굴로 데려다 줘요. 당신 누나를 구할 수 있을지 한번 봅시다."

박사는 인사하는 것도 잊은 채, 배낭을 어깨에 둘러매며 말했다.

"좋아요! 따라오세요."

베링턴이 말했다.

"셀비야, 너는 여기 있어라."

부인이 말했다. 하지만 베링턴이 셀비의 목줄을 잡고 굴을 향해 당기며 말했다.

"왜요? 데려가죠. 개들은 동굴을 좋아해요. 개들

에게는 두려움이 없답니다."

셀비는 검붓 동굴 안으로 끌려가며 생각했다.

'예외도 있다구요. 윽! 너무 깜깜하고 으스스해!'

일행은 점점 아래로 아래로 내려갔다. 손전등을
비추며 동굴 깊이 들어갔다.

'아직까지는 그런대로 괜찮군. 동굴이 크고 멋있
어서 그런지, 그렇게 무섭진 않아.'

셀비는 생각했다.

트라이플 박사 부부는 베링턴을 따라 가파르고
구불구불한 길을 내려가, 지하의 넓은 갱도에 도착
했다.

"저런 것들을 뭐라고 부르더라? 잊어 버렸어요."

부인이 손전등으로 주위를 가리키며 말했다.

"종유석과 석순이에요."

베링턴이 설명했다.

"그런데 어떤 게 종유석이고, 어떤 게 석순이죠?"

"천장에 붙은 고드름이 종유석이고, 바닥에 있는

아이스크림 콘처럼 생긴 게 석순이에요. 종유석은 내려오고, 석순은 올라간다고 생각하면 헷갈리지 않죠.”

“종유석은 내려오고 석순은 올라간다……. 그런데, 올라갔던 석순이 다시 내려오는 경우도 있지 않을까요?”

부인이 말했다.

“예, 그런 것 같네요.”

“종유석도 마찬가지로 내려왔다가 다시 올라가기도 하지 않을까요?”

“맞는 말이에요. ……뭐가 뭔지 헷갈리네요!”

베링턴이 말했다.

베링턴은 트라이플 박사 부부를 어떤 석순 뒤로 안내했다(어쩌면 종유석일지도 모른다.). 바닥에는 구멍이 뚫려 있었다.

“여기예요. 누나는 이 밑에 있어요.”

베링턴이 말했다.

“하지만 구멍이 이렇게 작은데요?”

트라이플 부인이 소리쳤다.

"누나는 먼저 머리를 집어넣고 발버둥을 쳐서 겨우 들어갔어요. 그리고 계속해서 미끄러져 내려가는 소리가 났어요."

"그렇다면 혹시 그웬이 죽었…… 아니, 어떻게 되었을 수도 있겠네요."

"우리 누나가 죽었다구요? 아닐 거예요. 하지만 많이 다쳤을지도 몰라요. 어떻게든 누나한테 밧줄을 내려 줘야 돼요."

셀비는 머리를 구멍에 넣어 보았다. 멀리서 물이 차올라 오는 소리를 들으며 셀비는 생각했다.

'어쩌면 좋아! 그웬이 이 좁은 굴로 떨어지는 모습을 상상만 해도 기절할 것 같아.'

그러는 동안 박사는 배낭에서 무언가를 꺼냈다.

"이것이 박사님의 고성능 구조 장비인가요? 꼭 장난감 트럭처럼 생겼는데요? 이걸로 뭘 할 수 있죠?"

베링턴이 물었다.

"맞아요. 이건 '슈퍼 트럭'인데, 원래는 장난감이

었죠. 하지만 이번에 새로 발명한 이 미니 전등과 미니 카메라를 같이 쓰면, 그웬을 구할 수 있을 거요.”

트라이플 박사가 말했다.

“그 줄은 뭐예요?”

“그냥 줄이 아니라 ‘울트라 팽팽 광 케이블’이란 거요. 자, 지금부터 화면에서 눈을 떼지 말아요.”

박사가 트럭의 바퀴를 돌린 후 굴 속에 집어넣으며 말했다.

모두 화면을 지켜보았다. 슈퍼 트럭이 가파르고 구불구불한 길을 따라 내려가다 수직으로 떨어졌다. 그 끝에 희미한 불빛이 보였다.

“누나예요! 누나의 손전등이 보여요!”

베링턴이 소리쳤다.

조그만 불빛은 점점 더 커지는 듯싶더니, 갑자기 엄청난 양의 물이 쏟아져 들어왔다. 그러더니 화면이 픽 나가 버렸다.

“아, 이런! 전기가 나갔군요. 슈퍼 트럭은 방수가

안 돼요. 이렇게 될까 봐 걱정은 했는데……."

"슈퍼 트럭을 계속 밑으로 내려 보내 주세요. 누나가 그걸 보면 허리에 감을 거예요. 그러면 우리가 끌어올리면 되잖아요."

"그웬이 허리에 줄을 감았는지 어떻게 알죠?"

"누나가 줄을 세 번 당길 거예요. 그게 보통 우리끼리의 신호거든요."

"오, 이런! 슈퍼 트럭이 더 이상 밑으로 못 내려가잖아. 뭔가에 걸렸다구."

박사는 슈퍼 트럭을 올렸다 내렸다 해 보았다.

"전혀 소용이 없군요. 구조대가 올 때까지 기다리는 수밖에 없겠어요."

박사가 슈퍼 트럭을 굴 밖으로 꺼내며 말했다.

"하지만 그 땐 너무 늦는다구요. 불쌍한 우리 누나……."

베링턴이 흐느끼며 말했다.

잠시 동안 모두 어둠 속에서 침묵했다. 손전등 불빛만이 벽에 으스스한 그림자를 드리우고 있을 뿐이었다.

 '곧 익사하고 말 거야. 너무 안됐어. 그웬과 베링턴, 그리고 박사님과 아줌마도 모두 안됐어. 흑흑흑…… 너무 슬픈 일이야.'

 셀비는 생각했다.

 "몸집이 조그만 누군가 저 안으로 들어가야 돼요. 그것밖에 방법이 없다구요."

 베링턴이 말했다.

 "그렇다고 어린아이를 저 안으로 집어넣을 수는 없잖아요. 그건 말도 안 돼요."

 트라이플 부인의 말에 베링턴은 셀비를 쳐다보며 대꾸했다.

 "꼭 어린아이가 아니더라도…… 셀비는 안 될까요?"

 셀비는 갑자기 피가 얼어붙는 것 같았다.

 '나? 내가 어떻게! 저 안에 금덩어리가 있다 해도 난 싫어!'

 셀비는 생각했다.

“안 돼요. 셀비한테 그런 일을 시킬 순 없어요.”

트라이플 부인이 말했다.

“그렇다면 제가 시키죠.”

베링턴이 울트라 팽팽 광 케이블을 셀비의 목걸이
에 묶으며 말했다.

‘이봐, 잠깐만! 그만둬!’

셀비가 발버둥을 쳤다.

“저 밑으로 내려간다고 해도, 셀비가 뭘 어떻게
하죠?”

트라이플 박사가 물었다.

“아무것도 안 해도 돼요. 누나가 저 줄을 허리에
묶기만 하면 돼요. 우리는 당기기만 하면 되구요.”

“셀비는 어떡하라구요?”

박사가 물었다.

‘맞아. 나, 나는 어떡하라고?’

무릎에 힘이 빠진 셀비는 마구 흐느적거렸다.

“누나가 셀비를 안으면 돼요. 이건 사람 목숨이
달린 문제라구요. 개는 언제든 새로 사면 되지만,

우리 누난 새로 살 수 없다구요!"

'뭐라구? 세상에……'

셀비는 생각했다.

'도망을 가거나 콱 물어 버리거나 해야 되는데, 너무 어지러워서 움직일 수가 없어. 왜 이렇게 굴이 팽팽 도는 거야. 그래, 말을 해야겠어. 내가 말할 수 있다는 사실을 알려야겠어. 그리고 따져야겠어. 난 저 곳에 내려갈 수 없다고 말을 해 봐야겠어.'

하지만 셀비가 "이봐요. 난 우리 나라에서, 아니 전 세계에서 유일하게 말할 수 있는 개라구요. 내가 저 구멍 안에 들어간다는 것은 말도 안 돼요!"라고 말하기도 전에 베링턴은 셀비를 번쩍 들어올렸다.

"이 개가 우리의 마지막 희망이에요!"

베링턴은 셀비를 구멍으로 집어넣으며 소리쳤다.

셀비는 동굴 안으로 점점 빠르게 곤두박질치며 내려갔다. 셀비의 다리는 뻣뻣하게 굳어 있었다.

"오오오오오오오! 나는 죽고 말 거야! 나는 이제 끝이야! 죽은 목숨이라고. 이건 제티랑 키스하는 것

보다 더 싫어! 악! 여기는 너무 좁아! 벽을 타고 다시
올라가 신선한 공기를 마시고 싶어! 벽이 나한테 다
가오고 있는 것 같아. 이게 바로 폐쇄 공포증이구
나! 으아아아악!"

셀비는 비명을 질렀다.

"안 돼! 정신 차려야 돼! 당황하면 안 돼!"

셀비는 갑자기 미끄러지는 듯하다가 멈추었다.
발이 닿는 곳이 있었던 것이다. 하지만 고개를 돌리
고 몸을 일으키기도 전에 또다시 발을 놓친 셀비는
다시 떨어져 내려갔다. 그리고 마침내 종유석과 석
순이 가득한 동굴 바닥에 닿았다.

셀비가 다시 동굴 벽을 오르기 위해 줄을 당기려
는 순간, 바로 옆에 그웬이 의식을 잃고 누워 있는
것이 보였다. 그웬의 손전등에서는 아직도 밝은 빛
이 나오고 있었다.

"이런, 물이 차오르고 있어!"

셀비가 개목걸이에서 줄을 풀어 그웬의 허리를 감
았다. 그리고 그웬을 일으켜 앉혔다.

“아직까지는 괜찮아. 이렇게 그웬의 다리를 붙잡고 있으면 우리를 끌어올려 줄 거야.”

물은 셀비의 발목까지 차올랐다. 셀비는 울트라 팽팽 광 케이블을 세 번 당겼다. 하지만 셀비가 의식이 없는 그웬에게 채 매달리기도 전에, 그웬은 동굴 입구로 휙하고 올라가 버렸다.

"잠깐! 기다려요!"

셀비가 출렁거리는 물 속에서 소리쳤다.

"안 돼! 물이 점점 올라오고 있다구요."

셀비는 물을 피해 석순 위로 올라갔다(아니, 종유석일지도 모른다.). 물이 다시 발목까지 차오르자 셀비는 껑충 뛰어 천장의 종유석을 꽉 잡았다(아니, 석순일지도 모른다.). 그러곤 조금씩 조금씩 그것을 타고 올라갔다. 물은 점점 더 차올라 왔다. 셀비는 더 이상 갈 곳이 없었다.

"이제 난 끝장이야! 완전히 망했어."

바로 그 때였다. 둥둥 떠 다니는 손전등 불빛에, 동굴 천장의 틈새가 얼핏 보였다. 셀비는 한쪽 발을 그 틈새에 집어넣고, 또 한 발을 밀어넣었다. 그러자 바위가 굴러떨어지면서 개 한 마리가 딱 들어갈 만한 공간이 생겼다.

"여기서 물이 다시 내려가길 기도해야겠어."

셀비는 틈새 안으로 겨우 끼어 들어갔지만, 또다시 발가락에 물이 찰랑거리는 것을 느낄 수 있었다.

그런데 그 뒤쪽의 바위를 밀자, 틈은 더 커지더니
놀라운 일이 벌어졌다. 바로 그 자리에 또 하나의
커다란 동굴이 생겨난 것이었다. 그리고 저 멀리 희
미한 불빛이 보였다. 셀비는 트라이플 박사 부부와
베링턴이, 쓰러져 있는 그웬을 내려다보고 있는 모
습을 볼 수 있었다.

"여기가 어디죠? 무슨 일이 있었죠?"

정신을 차린 그웬이 물었다.

"살았어요!"

베링턴이 소리쳤다.

"누나, 이제 됐어. 살았다구!"

"날 구해 준 덩치 큰 털북숭이 남자는 어디 있
죠?"

"덩치 큰 털북숭이 남자? 누나가 정신을 잃었었
나 봐. 조그만 털북숭이 개밖에 없었을 텐데."

그러자 트라이플 부인이 훌쩍거렸다.

"불쌍한 셀비……, 불쌍한 우리 셀비……. 베링
턴, 당신을 절대로 용서할 수 없어요. 당신은 세상

에서 가장 멋진 개를 희생시켰다구요!"

'잠깐 여기 있는 게 좋겠어. 나에 대해 어떻게 생각하는지 들어 봐야지. 자기 장례식장에서나 들을 수 있는 말을 들어 볼 기회도 흔치 않으니까.'

셀비는 생각했다.

"정말로 다정하고 멋진 개였지."

트라이플 박사가 부인을 안아 주며 말했다.

"셀비 같은 개는 정말 다시 없을 거예요. 우린 정말로, 정말로 셀비를 사랑했어요."

부인이 덧붙였다.

'아, 부끄러워. 나를 정말 사랑하셨구나.'

셀비는 얼굴을 붉히며 생각했다.

"셀비……. 완벽한 개는 아니었지만, 그리고 세상에서 가장 힘센 개도 아니었지만, 우리는 셀비를 사랑했어."

박사가 말했다.

'어? 뭐라고? 잠깐만…….'

셀비는 생각했다.

“그리고 좀 게으르기도 했죠.”

부인이 말했다.

“게다가 어쩔 때는 심술궂기도 했어.”

박사가 덧붙였다.

“그래요. 완벽하진 않았지만…… 그렇지만…….”

부인이 말을 이으려는 순간이었다.

“왈! 왈왈왈!”

갑자기 어둠 속 어디선가 우렁찬 개 짖는 소리가 들려 왔다.

14. 모두에게 밝혀진 셀비의 비밀

보거스 마을 사람들은 모두 시민회관에 모였다.
마음을 해방시켜 준다는 최면술사 해리의 쇼를 보
기 위해서이다.

"해리의 쇼는 전부 무료래요."

트라이플 부인이 말했다.

"정말이야? 티켓 사야 하는 거 아니고?"

트라이플 박사가 물었다.

"아니에요. 쇼가 끝날 때 해리가 모자를 돌리면,
모자에 아무 거나 넣어 주면 된대요. 만약 쇼가 재

미 없었다고 생각되면 아무것도 안 넣어도 되구요.”

“굉장히 정직한 사람이군. 같이 가 보자구. 재미있을 것 같아.”

언제나 돈에 신경을 쓰는 박사가 말했다.

‘불공평해. 다 최면술사 해리를 보러 가는데, 나만 못 가다니……. 나도 갈래!’

셀비는 트라이플 박사 부부가 차를 타고 떠나는 모습을 보며 생각했다. 셀비는 곧장 시민회관을 향해 쏜살같이 뛰어갔다. 그리고 조심스럽게 건물 안으로 들어가 벽을 가리는 커텐 뒤에 숨었다. 뒷발로 서면 관중들을 내려다볼 수 있는 곳이었다.

해리는 아주 커다란 모자를 쓰고 무대 위에 서 있었다.

“저는 떠돌이 개랍니다. 지금은 보거스 마을을 떠돌고 있죠. 여러분을 만나다니, 정말 운 좋은 개죠?”

해리가 말하자 사람들이 큰 소리로 웃었다.

“자, 누가 저의 첫 번째 실험 대상이 되시겠습니까? 누구 용감한 사람 없나요?”

사람들은 웃고만 있을 뿐 아무도 선뜻 나가려 하지 않았다.

"트라이플 시장님, 어때요?"

셀비는 트라이플 부인이 머리를 흔드는 모습을 보았다.

"자, 시장님! 마을 사람들로부터 많은 지지를 얻을 수 있는 기회입니다. 물론 그 반대일 수도 있구요."

"알았어요."

부인이 말했다.

모든 사람들이 박수를 치자 부인이 천천히 자리에서 일어나 무대 위로 올라갔다.

"아프지는 않죠?"

"당연하죠. 이제 편안히 앉아 제 손을 보세요."

해리가 손을 천천히 앞뒤로 움직이더니 점점 조그맣게 원을 그렸다.

"당신은 졸립니다."

해리의 손이 트라이플 부인의 얼굴에 점점 가까워

졌다. 그러다가 손가락으로 딱 소리를 내자 부인이
갑자기 고개를 툭 떨구었다.

'아줌마한테 진짜 최면을 걸었잖아. 신기하다!'

셀비는 생각했다.

"당신은 제 말을 따라야 합니다. 제 말이 들립니
까?"

"네. 나는 당신의 말을 따르겠습니다."

부인이 느릿느릿 말했다.

"이제 당신은 초등학교 시절로 돌아갑니다. 지금
은 쉬는 시간이고, 당신은 놀이터에서 놀고 있습니
다. 거기 다른 아이들이 보입니까?"

"네, 보여요."

부인이 어린아이 목소리로 관중들을 쳐다보며 말
했다.

"친구들을 좀 즐겁게 해 줄까요? 할 수 있죠?"

"네."

부인은 대답을 하더니 관중들을 향해 멍청한 표정
을 짓다가, 혀를 내밀어 메롱거리다가, '뿌웅─'

하는 이상한 소리를 냈다. 사람들은 모두 배가 아프도록 웃었다.

"친구들이 정말 즐거워하는 것 같군요."

해리가 사람들과 함께 손벽을 치며 말했다.

"자, 이제 내가 셋을 세고 딱 소리를 내면, 당신은 깨어날 것이고, 조금 전 일어났던 모든 일을 잊어버릴 것입니다. 하나, 둘, 셋……."

딱!

셀비는 해리가 손가락으로 딱 소리를 내자마자 트라이플 부인이 깨어나는 것을 지켜보았다.

"저에게 뭘 시켰죠?"

깨어난 트라이플 부인이 물었다.

"아주 잘하셨어요, 시장님. 너무 잘하셔서, 다음 번에도 다시 시장으로 선출될 것 같네요."

어리둥절한 트라이플 부인이 자리로 돌아가는 동안 사람들은 모두 박장대소하며 좋아했다. 셀비는 커텐을 조금 더 열고 트라이플 박사가 부인에게 귓속말하는 것을 보았다.

"정말 신기해! 어떻게 최면을 거는 건지 궁금해."

셀비가 비명을 질렀다.

다음에는 마스카라 부인이 올라왔고, 마스카라 부인 역시 최면에 걸렸다. 부인은 암탉처럼 꼬꼬거리며 무대를 가로질러 재주를 넘었다. 그 다음에는 포스티가 나와서 초등학교 2학년 때의 담임 선생님인 티들리 선생님에 대한 시를 읊었다.

티들리 선생님은 감기에 걸리셨다.
그래서 코로 풍선을 불었다.
선생님은 자신이 무슨 짓을 했는지 깨닫자
재미 삼아 풍선을 하나 더 불었다.

사람들이 폭소를 터뜨리자 포스티는 관객을 향해 고개를 숙여 인사를 했다.

"뭐라구?"

사람들의 웃음 소리 속에서 커다란 목소리가 튀어나왔다. 나이가 지긋해진 티들리 선생님이 허리에 손을 얹고 서 있는 모습을 보고 사람들은 다시 웃음을 터뜨렸다. 티들리 선생님도 곧 함께 웃었다.

"티들리 선생님이 유머 감각이 있어서 다행이야."

셀비가 중얼거렸다.

포스티는 자기 자리로 돌아가 옆 사람에게 도대체 자기가 뭘 했는지 물었다.

해리는 그 뒤 30분 동안, 아주 의외의 사람들을 불러 내 무대를 이리저리 뛰어다니게 하거나 바닥에 누워 지렁이처럼 꾸물꾸물 기어가게 만들었다. 심지어 숏다리 경사는 앞으로 나와 "나는 조그만 주전자―, 숏다리에 땅딸보―."라는 노래를 불렀다.

이윽고 해리는 모든 사람들을 무대에서 내려가게 했다. 그리고 손으로 천천히 원을 그리며 말했다.

"이제 모두 제 손을 잘 보세요. 자, 천천히, 천천히 잠에 빠집니다."

'여기 있는 사람들에게 최면을 걸 건가 봐. 우와! 놀라워!'

셀비는 생각했다.

잠시 후 모든 사람들은 마치 수백 마리의 소처럼 ‘음메—’ 울고, 수백 마리의 닭처럼 ‘꼬꼬꼬’ 소리를 내며 의자를 박박 긁었다. 셀비도 사람들을 따라 ‘음메—’ ‘꼬꼬꼬’ 소리를 내면서 소리쳤다.

“해리가 해냈어. 이럴 수가! 정말 신기해!”

“자, 모두 그만! 됐습니다.”

해리가 사람들을 진정시키고 말했다.

“이제 이것으로 쇼를 마치겠습니다. 모두 좋은 시간을 보내셨는지요?”

사람들은 모두 “네!” 하고 소리쳤다.

“그렇다면 이 불쌍한 해리가 집세라도 내게 도와주시겠어요? 조금씩만 기부해 주세요.”

해리는 쓰고 있던 커다란 모자를 벗어 맨 앞줄에 앉은 어떤 남자에게 내밀었다. 남자는 5달러짜리 지폐를 꺼냈다. 그러자 해리가 넉살 좋게 말했다.

“겨우 5달러예요? 저의 쇼가 겨우 그 정도 가치밖에 안 되나요?”

그러자 그 남자는 웃으면서 지갑에 든 돈을 몽땅

꺼내 모자 속에 넣었다.

"고맙습니다. 훨씬 기분이 좋네요!"

해리가 말했다.

셀비는 시민회관에 모인 모든 사람들이 기분 좋게
웃으며 핸드백과 지갑에 있는 돈을 몽땅 꺼내 모자
속에 넣는 모습을 지켜보았다. 트라이플 박사 부부
마저도 가지고 있던 돈을 다 꺼내 넣었다. 잠시 후
커다란 모자는 돈으로 가득 차 해리에게로 돌아왔
다.

'만약 티켓을 팔아 쇼를 했다면, 저렇게까지 많은
돈은 절대 못 벌었을 거야. 해리는 정말 똑똑해.'

"모두에게 모자가 돌아갔죠?"

해리가 물었다.

"여긴 오지 않았는데요!"

목소리는 강당 뒤쪽에서 들려 왔다. 커텐 사이에
서 셀비가 나타나자 사람들은 숨을 죽였다.

"뭐라구요?"

해리가 눈을 찌푸리며 말했다.

무대 위로 뛰어 올라가며, 셀비는 갑자기 행복해지는 것을 느꼈다.

"나한테는 모자가 오지 않았다구요. 하지만 별로 소용이 없을 거예요. 난 지갑이 없거든요."

셀비는 웃으며 말했다.

"아니! 개, 개가 마, 말을 하잖아!"

해리가 말했다.

"셀비야! 너 지금 말……하는 거니? 어떻게 된 거야? 너 말할 수 있어?"

트라이플 부인이 물었다.

"그럼요. 이렇게 완벽하게요."

셀비가 자랑스럽게 말했다.

"하지만 우리한테는 한 번도 말한 적 없잖아."

트라이플 박사가 말했다.

"이제 아시게 됐잖아요. 이건 다 해리 때문이에요. 해리와 악수를 하고 싶어요."

셀비는 뒷발로 서서 웃으며 앞발을 내밀었다.

해리는 공포에 떨며 손을 뻗었다. 그런데 그 때 해

리는 실수로 손가락을 부딪쳐 희미하게 딱 소리를 냈다. 그 순간 셀비는 갑자기 제정신으로 돌아왔다.

'오, 안 돼! 난 최면에 걸려 있었어. 해리가 나한테 최면을 걸었던 거야. 비밀을 털어놓다니. 이럴 수가! 안 돼! 난 이제 다 망했어. 내가 도대체 왜 여기에 서 있는 거야?'

셀비는 생각했다.

"이게 모두 당신 때문이야. 당신이 내 인생을 전부 망쳤어!"

셀비가 해리에게 소리쳤다. 셀비의 눈에서 눈물이 흘러 털 속으로 떨어졌다.

"아까는 좋아하더니만, 왜 이제 와서 화를 내고 그래? 이 개가 도대체 왜 이러는 거야?"

해리가 말했다.

잠시 동안 셀비는, 지금까지 트라이플 박사 부부와 함께 했던 기뻤던 순간들과 비밀을 간직하기 위해 벌여야 했던 모험들을 떠올렸다. 이제 모든 것이 끝난 것이다. 얼마 안 있어 셀비는 유명해질 것이다. 세계 여기저기에서 사람들을 가득 실은 버스가 전 세계에 하나밖에 없는 자연의 실수, 즉 '진짜 살아 있는 말하는 개'를 보러 올 것이다.

셀비의 눈에서는 자꾸 눈물이 흘러내렸다. 이 모든 것을 망쳐 버린 해리의 모습이 흐릿하게 보였다. 그러자 셀비의 슬픔은 갑자기 분노로 바뀌었다.

"다리몽둥이를 콱 깨물어 버리기 전에 내 눈앞에서 당장 사라져!"

셀비가 이빨을 내밀고 으르렁거리자, 해리는 입구로 쏜살같이 뛰어나갔다. 그리고 차를 타고 꽁무니를 뺐다.

셀비는 모자에 가득 차 있는 돈 뭉치를 생각해 내고는, 맨 앞 줄에 앉아 있던 사람에게 모자를 건네주었다.

"자, 모두 돈을 도로 가져가세요."

셀비가 말했다.

모자를 돌리면서 사람들은 모자 속에 넣었던 돈을 도로 가져갔다.

"어떻게 된 건지 말 좀 해 봐. 말을 어떻게 배웠
니?"

트라이플 부인이 말했다.

"모든 것을 말해야지요."

셀비는 한숨을 내쉬었다.

"몇 년 전에 일어났던 일이에요. 전 텔레비전을
보고 있었는데, 갑자기 텔레비전에서 나오는 말들

을 전부 알아듣고 있다는 걸 깨달았어요. 그래서 말을 배우기로 결심했고, 말을 제대로 할 수 있을 때까지 연습하고 또 연습했죠."

"정말 놀라운 일이야. 셀비야, 정말 대단하구나."

트라이플 박사가 말했다.

"헤헤. 그 정도는 누워서 침 뱉기죠. 아니, 누워서 떡 먹기죠."

그러자 이상한 일이 일어났다. 그 곳에 있던 모든 사람들이 자리에 누워 허공으로 침을 뱉는 것이었다.

"아니, 지금 다들 뭐 하는 거예요? 모두 아직 최면에 걸려 있는 거예요? 정신 좀 차려 보세요!"

셀비가 소리쳤다. 셀비는 사람들을 최면에서 풀 방법을 생각하느라 머리를 굴렸다.

"셀비야, 어떻게 연습했는지 자세히 좀 말해 보렴. 궁금해 죽겠구나."

트라이플 부인이 영문을 모르겠다는 표정으로 물었다. 셀비는 기가 막혀 말했다.

"지금 그게 문제가 아니에요. 왜 남의 다리 긁는 소리만 하는 거예요?"

그러자 모든 사람들이 옆 사람의 다리를 벅벅 긁어 대는 것이었다.

'모두 최면에 걸린 거야! 그래서 아까 그렇게 돈을 줬던 거라구. 해리가 그렇게 하라고 시켰으니까. 해리가 최면을 풀지 않고 갔기 때문에 지금 이렇게 된 거라구. 그렇다면…… 내 문제는 다행히 해결이 된 것 같군. 아무도 기억을 못 할 테니 말이야.'

셀비는 생각했다. 그리고 큰 소리로 외쳤다.

"여러분! 쇼는 끝났습니다. 자, 제가 셋을 세면 모두 깨어나는 겁니다. 지금까지 있었던 일은 모두 잊어버리세요. 특히 제가 말을 했다는 사실은 꼭 잊어 주세요. 알았죠? 하나, 둘, 셋!"

하지만 사람들은 멀뚱멀뚱 셀비를 바라만 보고 있었다.

'어떡하지? 난 손가락이 없잖아. 딱 소리를 못 내면 최면이 풀리지 않는데……. 이러다가 보거스 마

을 사람들 모두 평생 최면에 걸린 채 살아야 할지도 몰라. 어떡하지……. 아하!'

그 때 갑자기 셸비에게 좋은 생각이 떠올랐다.

"자, 모두 손가락으로 딱 소리를 내 볼까요?"

사람들은 모두 셸비의 말에 따랐고, 엄청난 딱 소리가 울렸다. 그리고 동시에 최면에서 깨어났다.

"쇼가 끝났나 봐."

"그런데 해리는 어디 있지?"

사람들이 웅성거렸다.

"해리가 처음에, 자기는 떠돌이 개라고 했잖아. 우리를 만나서 운 좋은 개라면서. 혹시 진짜 개로 변신한 게 아닐까?"

누군가 셸비를 가리키며 소리치자 사람들은 폭소를 터뜨렸다.

셸비는 재빨리 무대에서 내려와 집으로 뛰어가며 생각했다.

'운 좋은 개? 맞는 말이야. 나는 우리 나라에서, 아니 전 세계에서 가장 운이 좋은 개야.'

정말 아슬아슬했던 순간들이 많았지요? 휴! 얼마나
오랫동안 내 비밀을 지킬 수 있을지 모르겠어요. 내
가 돈이 정말정말 많다면, 트라이플 박사님과 아줌마
에게 내 비밀을 말할 텐데······. 그러면 사람들이 나
에게 일을 시켜도, 내가 다른 사람을 시키면 되니까
요. 하지만 불평할 수는 없지요. 트라이플 박사님과
아줌마는 나에게 잘해 주시고 나도 행복하거든요(거
의 대부분은요.). 행복하다는 게 제일 중요한 것 아니
겠어요?

여러분의 행복한 친구,

셀비 

명탐정 셸비

초판인쇄 | 2003년 11월 28일 초판발행 | 2003년 12월 8일
글쓴이 | 던컨 볼
그린이 | 앨런 스토만
옮긴이 | 이수진
책임편집 | 염현숙 원선화 염미희 김유정
디자인 | 박정은 정연화
펴낸이 | 강병선
펴낸곳 | (주)문학동네
출판등록 | 1993년 10월 22일 제22-188호
주소 | 413-834 경기도 파주시 교하읍 문발리 출판문화정보산업단지 513-8
전자우편 | kids@munhak.com 홈페이지 | www.kids.munhak.com
전화번호 | (031)955-8888 팩스 | (031)955-8855

ISBN 89-8281-730-1 04840
ISBN 89-8281-727-1(세트)

* 잘못된 책은 바꿔 드립니다.